Esta é uma publicação Principis, selo exclusivo da Ciranda Cultural
© 2021 Ciranda Cultural Editora e Distribuidora Ltda.

Traduzido do original em inglês
The marvelous land of Oz

Texto
L. Frank Baum

Tradução
Laura Folgueira

Preparação
Otacílio Palareti

Revisão
Agnaldo Alves

Produção editorial
Ciranda Cultural

Diagramação
Linea Editora

Design de capa
Ciranda Cultural

Imagens
welburnstuart/Shutterstock.com;
Juliana Brykova/Shutterstock.com;
shuttersport/Shutterstock.com;

Dados Internacionais de Catalogação na Publicação (CIP) de acordo com ISBD

B347m   Baum, L. Frank

A maravilhosa Terra de Oz / L. Frank Baum ; traduzido por Laura Folgueira. - Jandira : Principis, 2021.
160 p. ; 15,5cm x 22,6cm. - (Terra de OZ ; v.2)

Tradução de: The marvelous land of Oz
ISBN: 978-65-5552-220-4

1. Literatura infantojuvenil. 2. Literatura americana. I. Folgueira, Laura. II. Título. III. Série.

2020-2687

CDD 028.5
CDU 82-93

Elaborado por Vagner Rodolfo da Silva - CRB-8/9410

Índice para catálogo sistemático:
1. Literatura infantojuvenil   028.5
2. Literatura infantojuvenil   82-93

1ª edição em 2021
www.cirandacultural.com.br
Todos os direitos reservados.
Nenhuma parte desta publicação pode ser reproduzida, arquivada em sistema de busca ou transmitida por qualquer meio, seja ele eletrônico, fotocópia, gravação ou outros, sem prévia autorização do detentor dos direitos, e não pode circular encadernada ou encapada de maneira distinta daquela em que foi publicada, ou sem que as mesmas condições sejam impostas aos compradores subsequentes.

SUMÁRIO

Nota do autor 7

Tip fabrica o Cabeça de Abóbora 11
O maravilhoso Pó da Vida 15
A fuga 22
Tip faz um experimento de mágica 27
O despertar do Cavalete 31
A jornada de Jack Cabeça de Abóbora à Cidade das Esmeraldas ... 37
Sua Majestade, o Espantalho 45
O Exército da Revolta da general Jinjur 51
O Espantalho planeja uma fuga 57
A jornada até o Homem de Lata 64
Um imperador de níquel 70
Sr. M. A. Besourão, I. I. 77
Uma história muitíssimo aumentada 84
A velha Mombi faz suas bruxarias 90
Os prisioneiros da rainha 96
O Espantalho tira um tempo para pensar 102
O impressionante voo do Cervilho 108

No ninho das gralhas 113
As famosas pílulas de desejos do Dr. Nikidik 123
O Espantalho faz um pedido a Glinda, a Boa 130
O Homem de Lata colhe uma rosa 139
A transformação da velha Mombi 145
Princesa Ozma de Oz 149
A riqueza da satisfação 156

NOTA DO AUTOR

Depois da publicação de *O Mágico de Oz*, comecei a receber cartas de crianças que me contavam de seu prazer ao ler a história e me pediam para "escrever mais alguma coisa" sobre o Espantalho e o Homem de Lata. No início, considerei essas pequenas cartas, por mais que fossem sinceras e honestas, como simples elogios; mas as cartas não pararam de chegar nos meses, e até anos, seguintes.

Finalmente, prometi a uma menininha que fez uma longa viagem para me ver e fazer seu pedido – e ela, aliás, é uma "Dorothy" – que, quando mil menininhas tivessem escrito para mim cada uma sua cartinha pedindo pelo Espantalho e pelo Homem de Lata, eu escreveria o livro. Ou a pequena Dorothy era uma fada disfarçada e balançou sua varinha mágica, ou o sucesso da peça *O Mágico de Oz* trouxe novos amigos à história. Pois as mil cartas há muito chegaram a seu destino – e muitas mais as seguiram.

E, agora, embora me declare culpado do longo atraso, mantenho minha promessa com este livro.

L. Frank Baum
Chicago, 1904

Este livro é dedicado pelo Autor aos excelentes companheiros e comediantes David C. Montgomery e Frank A. Stone, cujas representações inteligentes do Homem de Lata e do Espantalho deleitaram milhares de crianças por toda a Terra.

TIP FABRICA O CABEÇA DE ABÓBORA

No País dos Gillikins, que fica a norte da Terra de Oz, vivia um jovem chamado Tip. Havia mais no seu nome, pois a velha Mombi declarara muitas vezes que o nome completo dele era Tippetarius; mas não se esperava que ninguém dissesse uma palavra tão longa quando "Tip" funcionaria igualmente bem.

Esse menino não se lembrava de nada sobre seus pais, pois tinha sido levado bem jovem para ser criado pela velha conhecida como Mombi, cuja reputação, sinto dizer, não era das melhores. Pois o povo gillikin tinha motivos para suspeitar que ela usasse das artes mágicas e, portanto, evitava associar-se a ela.

Mombi não era exatamente uma bruxa, pois a Bruxa Boa que governava aquela parte da Terra de Oz tinha proibido a existência de qualquer outra bruxa em seus domínios. Então, a guardiã de Tip, por mais que aspirasse a fazer mágica, percebera que era ilegal ser mais que uma feiticeira ou, no máximo, uma maga.

Tip tinha ordens de trazer madeira da floresta para a velha poder ferver seu caldeirão. Ele também trabalhava no milharal, capinando e descascando; alimentava os porcos e tirava leite da vaca de quatro chifres, que era o orgulho especial de Mombi.

Mas não se pode imaginar que ele trabalhasse o tempo todo, pois sentia que isso lhe faria mal. Quando era enviado à floresta, Tip com frequência subia nas árvores para procurar ovos de pássaros, ou se divertia perseguindo coelhos brancos, ou pescando nos riachos com alfinetes entortados. Aí, ele pegava seu punhado de madeira rapidinho e levava para casa. E quando devia estar trabalhando no milharal e as espigas altas o escondiam da vista de Mombi, Tip muitas vezes cavava nos buracos de esquilo ou, se estivesse com vontade, deitava de costas entre as fileiras de milho e tirava uma soneca. Então, tomando cuidado para não exaurir suas forças, ele ficou o mais forte e robusto que um garoto pode ficar.

A curiosa mágica de Mombi várias vezes assustava seus vizinhos, que a tratavam de forma tímida, mas respeitosa, por causa de seus poderes estranhos. Mas Tip sinceramente a detestava e não se esforçava para esconder seus sentimentos. Aliás, às vezes demonstrava menos respeito pela velha do que deveria, considerando que era sua guardiã.

Havia abóboras no milharal de Mombi, vermelhas e douradas entre as fileiras de espigas verdes; e elas tinham sido plantadas e cuidadas para que a vaca de quatro chifres pudesse comê-las no inverno. Mas um dia, depois de o milho todo ter sido cortado e empilhado, quando Tip estava carregando as abóboras até o estábulo, ele teve a ideia de fazer uma carranca de abóbora pelo Dia das Bruxas e tentar assustar a velha.

Então, escolheu uma bela abóbora grande – uma de cor lustrosa, laranja-avermelhado – e começou a esculpir. Com a ponta de sua faca, fez dois olhos redondos, um nariz de três lados e uma boca em forma de lua. O rosto finalizado não podia ser considerado exatamente bonito, mas tinha um sorriso tão grande e amplo, e uma expressão tão alegre, que até Tip riu ao admirar seu trabalho.

O menino não tinha amigos com quem brincar, então, não sabia que os garotos costumavam tirar o interior da abóbora e colocar nesse espaço uma vela acesa para o rosto ficar mais assustador; no entanto, tivera a ideia por si mesmo, e ela prometia ser igualmente eficaz. Ele decidiu fabricar a forma de um homem, que usaria essa cabeça de abóbora, e colocar num lugar em que a velha Mombi o encontraria de frente.

– E aí – disse Tip a si mesmo, rindo – ela vai gritar mais alto do que a porca quando eu puxo o rabo dela, e tremer de medo mais do que eu no ano passado quando tive febre!

Ele teve bastante tempo para completar sua tarefa, pois Mombi tinha ido à aldeia – para comprar comida, disse ela –, uma jornada de pelo menos dois dias.

Então, ele levou seu machado para a floresta e escolheu algumas árvores jovens e corpulentas, que cortou, arrancando todos os galhos e folhas. Com eles, faria os braços, as pernas e os pés do homem. Para o tronco, ele arrancou uma casca grossa de uma árvore grande e, com muito trabalho, transformou-a num cilindro mais ou menos do tamanho certo, juntando as pontas com pregos de madeira. Aí, assoviando alegremente enquanto trabalhava, juntou com cuidado os membros e os amarrou ao corpo com pregos afiados com sua faca.

Quando seu feito estava pronto, começou a ficar escuro, e Tip lembrou que precisava tirar leite da vaca e alimentar os porcos. Então, pegou seu homem de madeira e levou de volta para casa consigo.

Durante a noite, à luz do fogo, na cozinha, Tip arredondou com cuidado todas as extremidades das juntas e suavizou os pontos rústicos de forma harmoniosa, como um carpinteiro. Aí, apoiou a figura contra a parede e a admirou. Parecia incrivelmente alta, até para um homem adulto; mas isso era bom aos olhos de um garotinho, e Tip não se importou com o tamanho de sua criação.

Na manhã seguinte, quando olhou de novo seu trabalho, Tip viu que tinha esquecido de dar um pescoço ao boneco, para ter como conectar a cabeça de abóbora ao corpo. Então, foi de novo à floresta, que não ficava longe, e cortou de uma árvore vários pedaços de madeira com os quais completaria seu trabalho. Quando voltou, amarrou uma cruz na parte superior do corpo, fazendo um buraco no centro para o pescoço ficar reto. O pedaço de madeira que formava esse pescoço também foi afiado na ponta e, quando tudo estava pronto, Tip colocou a cabeça de abóbora, apertando bem no pescoço, e viu que encaixava muito bem. A cabeça podia ser virada para um lado ou para o outro, como ele quisesse, e as dobradiças dos braços e das pernas lhe permitiam colocar o boneco na posição que desejasse.

– Ah – declarou Tip, orgulhoso –, é um belo homem e vai arrancar vários gritos assustados da velha Mombi! Mas seria bem mais realista se estivesse vestido apropriadamente.

Achar roupas não parecia uma tarefa fácil, mas Tip, ousadamente, saqueou o velho baú em que Mombi mantinha todas as suas posses e seus tesouros e, bem no fundo, achou uma calça roxa, uma camisa vermelha e um colete cor-de-rosa com bolinhas brancas. Levou tudo para seu homem e conseguiu, apesar de as vestimentas não caírem muito bem, vestir a criatura de uma forma vistosa. Umas meias de tricô que pertenciam a Mombi e um par de sapatos dele próprio completavam o visual do homem, e Tip ficou tão feliz que dançou para cima e para baixo, rindo alto num êxtase infantil.

– Preciso dar um nome a ele! – gritou Tip. – Um homem bom assim com certeza deve ter um nome. Acho – adicionou ele, depois de pensar por um momento – que vou chamar esse camarada de Jack Cabeça de Abóbora!

O MARAVILHOSO PÓ DA VIDA

Depois de pensar bem na questão, Tip decidiu que o melhor local para colocar Jack seria a curva da estrada, um pouco afastado da casa. Então, começou a carregar o homem até lá, mas viu que ele era pesado e difícil de manejar. Depois de arrastar a criatura a uma curta distância, Tip a colocou de pé e, dobrando primeiro as juntas de uma perna, depois da outra, ao mesmo tempo que empurrava por trás, conseguiu induzir Jack a caminhar até a curva da estrada. Não teve sucesso sem alguns tombos, e Tip de fato trabalhou mais do que jamais trabalhara nos campos ou na floresta; mas o amor pela travessura o estimulava, e ele estava feliz de pôr a eficácia de seu trabalho à prova.

– Jack está ótimo e funciona bem! – disse a si mesmo, ofegante pelo esforço a que não estava acostumado. Mas nesse momento, descobriu que o braço esquerdo do homem tinha caído na jornada, então, voltou para achar e, depois, afiando um galho novo e mais robusto para a junta do ombro, consertou o defeito com tanto sucesso que o braço ficou mais forte do que antes. Tip também notou que a cabeça de abóbora de Jack tinha se virado para as costas; mas isso se remediava facilmente. Quando, por fim, o homem foi colocado de frente para o caminho em que Mombi passaria, ele parecia natural o bastante como uma boa imitação de um fazendeiro gillikin – mas não natural o suficiente para assustar qualquer um que se deparasse de repente com ele.

Como ainda estava cedo demais para esperar a velha voltar para casa, Tip foi para o vale abaixo da casa da fazenda e começou a recolher nozes das árvores que cresciam ali.

A velha Mombi, porém, voltou mais cedo que o normal. Ela tinha encontrado um mago desonesto que vivia numa caverna solitária nas montanhas e trocado vários segredos mágicos importantes com ele. Tendo, dessa forma, conseguido três novas receitas, quatro pós mágicos e uma seleção de ervas de poder e potência maravilhosos, ela foi mancando para casa o mais rápido que podia para testar suas novas feitiçarias.

Mombi estava tão concentrada nos tesouros que tinha ganhado que, quando dobrou a curva na estrada e viu o homem, simplesmente acenou com a cabeça e disse:

– Boa tarde, senhor.

Mas, um momento, depois, vendo que a pessoa não se mexia nem respondia, ela deu um olhar arguto em seu rosto e descobriu sua cabeça de abóbora elaboradamente esculpida pelo canivete de Tip.

– Rá! – soltou Mombi, com uma espécie de resmungo. – Aquele moleque está fazendo travessuras de novo! Muito bem! Muito bem! Vou bater nele até ficar roxo por tentar me assustar assim.

Com raiva, ela tentou derrubar a cabeça de abóbora sorridente do boneco; mas um pensamento repentino a fez parar com o bastão levantado imóvel no ar.

– Bem, aqui está uma boa chance de testar meu novo poder – disse ela, ansiosa. – E, aí, vou saber se aquele mago desonesto trocou segredos de forma justa ou me enganou tão maldosamente quanto eu o enganei.

Então, ela colocou sua cesta no chão e começou a procurar nela os pós apropriados que tinha obtido.

Enquanto Mombi estava ocupada com isso, Tip vinha caminhando de volta, com os bolsos cheios de nozes, e descobriu a velha parada ao lado de seu homem e, aparentemente, nem um pouco assustada com ele.

De início, ficou bastante decepcionado; mas, no momento seguinte, ficou curioso para saber o que Mombi ia fazer. Então, ele se escondeu atrás de uma cerca onde podia ver sem ser visto e se preparou para assistir.

Depois de alguma procura, a mulher tirou da cesta uma velha caixinha de pimenta, em cujo rótulo desbotado o mago havia escrito a lápis: "Pó da Vida".

– Ah... Aqui está! – gritou ela, alegre. – E, agora, vamos ver se é potente. Aquele mago pão-duro não me deu muito, mas acho que tem o bastante para uma ou duas doses.

Tip ficou muito surpreso quando ouviu essa fala. Aí, viu a velha Mombi levantar o braço e jogar o pó da caixa em cima da cabeça de abóbora do homem Jack. Ela o fez como alguém que temperasse uma batata assada, e o pó caiu da cabeça de Jack e se espalhou pela camisa vermelha, o colete cor-de-rosa e a calça roxa com que Tip o tinha vestido, acabando até nos sapatos gastos e remendados.

Então, guardando a caixinha de pimenta de volta na cesta, Mombi levantou a mão, com o dedinho apontado para cima, e disse:

– Pift!

Aí, levantou a mão direita, com o dedão apontado para cima, e disse:

– Paft!

Depois, ergueu as duas mãos, com todos os dedos abertos, e gritou:

– Poft!

Com isso, Jack Cabeça de Abóbora deu um passo para trás e falou, em tom de reprovação:

– Não grite desse jeito! Acha que sou surdo?

A velha Mombi dançou ao redor dele em uma animação frenética.

– Ele está vivo! – berrou. – Está vivo! Está vivo!

Então, jogou seu bastão no ar e pegou quando caiu; abraçou a si mesma e tentou fazer um passinho de dança; e o tempo todo repetia para si, entusiasmada:

– Está vivo! Está vivo! Está vivo!

Agora, você pode imaginar que Tip observou tudo isso com assombro.

No início, ele ficou tão assustado e horrorizado que quis fugir, mas suas pernas tremiam tanto que ele não conseguiu. Então, percebeu que era muito engraçado Jack ganhar vida, especialmente porque a expressão em seu rosto era tão comicamente divertida que suscitava risadas na hora. Em seguida, recuperando-se do medo, Tip começou a gargalhar; e os estrondos alegres chegaram aos ouvidos da velha Mombi e a fizeram mancar rapidinho até a cerca, onde agarrou a gola de Tip e o arrastou de volta para onde tinha deixado sua cesta e o homem com cabeça de abóbora.

– Menino malcriado, travesso e sorrateiro! – exclamou furiosa. – Vou te ensinar a não espionar meus segredos e rir de mim!

– Eu não estava rindo de você – protestou Tip. – Estava rindo do velho Cabeça de Abóbora! Olhe para ele! Não é uma figura?

– Espero que você não esteja falando de minha aparência pessoal – disse Jack; e foi tão engraçado ouvir a voz grave dele, enquanto o rosto continuava com aquele sorriso alegre, que Tip caiu de novo na risada.

Até mesmo Mombi olhou com interesse curioso para o homem que sua mágica tinha feito ganhar vida; de tal modo que, após olhá-lo intensamente, ela logo perguntou:

– E o que você sabe?

– Bem, é difícil dizer – respondeu Jack. – Pois embora eu ache que sei muitas coisas, ainda não estou ciente do quanto há para descobrir no mundo. Vou levar um tempinho para descobrir se sou muito sábio ou muito tolo.

– É claro – falou Mombi, pensativa.

– Mas o que vai fazer com ele, agora que está vivo? – perguntou Tip.

— Preciso pensar — respondeu Mombi. — Mas devemos voltar imediatamente para casa, pois está escurecendo. Ajude o Cabeça de Abóbora a andar.

— Não se preocupem comigo — disse Jack —, consigo andar tão bem quanto vocês. Não tenho pernas e pés, e eles não têm juntas?

— Têm? — perguntou a mulher, virando-se para Tip.

— É claro que têm; eu mesmo fiz — devolveu o menino, com orgulho.

Então, foram na direção da casa, mas quando chegaram à fazenda a velha Mombi levou o homem de abóbora para o estábulo de vacas e o deixou numa baia vazia, trancando a porta com segurança por fora.

— Primeiro, preciso cuidar de você — disse ela, com um gesto de cabeça para Tip.

Ao ouvir isso, o garoto ficou nervoso, pois sabia que Mombi tinha um coração ruim e vingativo e não hesitaria em fazer uma maldade.

Eles entraram em casa. Era uma estrutura redonda, em formato de domo, como são quase todas as casas nas fazendas da Terra de Oz.

Mombi mandou que o garoto acendesse uma vela, enquanto colocava a cesta num armário e pendurava sua capa num gancho. Tip obedeceu rapidinho, pois tinha medo dela.

Depois que a vela tinha sido acesa, Mombi ordenou que ele acendesse a lareira e, enquanto Tip estava ocupado com isso, a velha jantou. Quando as chamas começaram a crepitar, o garoto foi até ela e pediu um pouco de pão e queijo, mas Mombi recusou.

— Estou com fome! — disse Tip, num tom de reclamação.

— Não vai ficar com fome por muito tempo — respondeu Mombi, com um olhar sombrio.

O garoto não gostou daquela fala, que soava como uma ameaça; mas por acaso lembrou que tinha nozes no bolso, então, abriu algumas e comeu enquanto a mulher se levantava, batia as migalhas de seu avental e pendurava em cima do fogo uma pequena chaleira.

Então, mediu partes iguais de leite e vinagre e pôs na chaleira. Depois, produziu vários saquinhos de ervas e pós e começou a adicionar uma porção de cada ao conteúdo da chaleira. Ocasionalmente, ela aproximava a vela e lia, num papel amarelo, a receita da porcaria que estava inventando.

Conforme Tip a observava, seu desconforto aumentava.

– Para que é isso? – perguntou ele.

– Para você – respondeu Mombi, brevemente.

Tip se contorceu em seu banquinho e olhou um pouco para a chaleira, que estava começando a borbulhar. Depois, ele olhava para os traços austeros e enrugados da bruxa e desejava estar em qualquer outro lugar que não aquela cozinha escura e enfumaçada, onde até as sombras criadas pela vela na parede eram suficientes para causar horror. Passou-se uma hora, durante a qual o silêncio só era quebrado pelo borbulhar da chaleira e o silvo das chamas.

Finalmente, Tip falou de novo:

– Eu tenho que beber isso? – perguntou ele, com um aceno na direção da chaleira.

– Sim – confirmou Mombi.

– O que vai acontecer comigo? – quis saber Tip.

– Se tiver sido feita direito – respondeu Mombi –, vai transformar você numa estátua de mármore.

Tip gemeu e secou o suor da testa com a manga.

– Não quero ser uma estátua de mármore! – protestou ele.

– Isso não importa. Eu quero que você seja – disse a velha, olhando-o com seriedade.

– E de que eu vou servir assim? – perguntou Tip. – Não vai ter ninguém para trabalhar para você.

– Vou fazer o Cabeça de Abóbora trabalhar para mim – falou Mombi.

Tip gemeu de novo.

– Por que não me transforma num bode ou numa galinha? – sugeriu, ansioso. – Você não vai poder fazer nada com uma estátua de mármore.

– Ah, vou, sim – retorquiu Mombi. – Vou plantar um jardim na próxima primavera e colocar você bem no meio, para enfeitar. Fico me perguntando por que não pensei nisso antes; você é um incômodo há anos.

Com esse discurso terrível, Tip sentiu as gotas de suor começando a fluir por todo o seu corpo, mas sentou-se paradinho e tremendo, e olhou ansioso para a chaleira.

– Pode ser que não funcione – murmurou ele, numa voz que soava fraca e desencorajada.

– Ah, acho que vai – respondeu Mombi, alegre. – Eu raramente cometo um erro.

De novo, houve um período de silêncio tão longo e sombrio que quando Mombi finalmente levantou a chaleira do fogo, era perto da meia-noite.

– Você só pode beber quando esfriar bem – anunciou a velha bruxa, pois, apesar da lei, ela tinha admitido praticar bruxaria. – Nós dois precisamos ir agora dormir e, quando raiar o dia, vou chamar e você vai imediatamente completar sua transformação numa estátua de mármore.

Com isso, ela foi mancando para o quarto, levando consigo a chaleira, que ainda soltava fumaça, e Tip a ouviu fechar e trancar a porta.

O garoto não foi para a cama, como tinha sido ordenado a fazer. Em vez disso, ficou olhando para as brasas da lareira que se apagavam.

A FUGA

Tip refletiu.

"É uma coisa difícil ser uma estátua de mármore", pensou, rebelando-se, "e não vou aceitar. Ela diz que há anos sou um incômodo para ela, então, vai se livrar de mim. Bem, tem um jeito mais fácil do que virar estátua. Nenhum garoto poderia se divertir parado para sempre no meio de um jardim! Vou fugir, é isso que vou fazer. E é melhor ir antes dela me obrigar a beber aquela coisa nojenta na chaleira".

Ele esperou até os roncos da velha bruxa anunciarem que ela estava dormindo a sono solto e então se levantou sem fazer barulho e foi ao armário achar algo para comer.

– Não adianta começar uma jornada sem comida – decidiu, buscando nas prateleiras baixas.

Achou algumas cascas de pão, mas teve de buscar na cesta de Mombi o queijo que ela tinha trazido da aldeia. Enquanto revirava o conteúdo da cesta, ele achou a caixinha de pimenta que trazia o Pó da Vida.

"Acho bom levar isso comigo", pensou, "ou Mombi vai usar para fazer mais maldades". Então, colocou a caixa no bolso, junto com o pão e o queijo.

Aí, cuidadosamente saiu da casa e trancou a porta atrás de si. Lá fora, a Lua e as estrelas brilhavam muito, e a noite parecia tranquila e convidativa depois de estar numa cozinha fechada e fedorenta.

– Vou ficar feliz de ir embora – disse Tip, baixinho –, pois nunca gostei daquela velha. Eu me pergunto como acabei vindo viver com ela.

Ele estava caminhando lentamente na direção da estrada quando um pensamento o fez parar.

– Não gosto de deixar Jack Cabeça de Abóbora à mercê da velha Mombi – sussurrou ele. – E Jack pertence a mim, pois eu o fiz, mesmo que a velha tenha dado vida a ele.

Ele refez seus passos até o estábulo e abriu a porta da baia onde o homem de cabeça de abóbora tinha sido deixado.

Jack estava parado no meio da baia e, à luz da lua, Tip conseguia ver que ele sorria tão jovialmente quanto sempre.

– Vamos! – disse o menino, chamando-o.

– Para onde? – perguntou Jack.

– Você vai saber assim que eu souber – respondeu Tip, sorrindo com empatia para o rosto de abóbora. – Por enquanto, só precisamos caminhar.

– Muito bem – devolveu Jack, e saiu desajeitado do estábulo para a luz do luar.

Tip virou-se na direção da estrada, e o homem o seguiu. Jack caminhava com dificuldade, manquitolando e, às vezes, uma das juntas de suas pernas virava para trás, em vez de para a frente, quase fazendo com que ele tropeçasse. Mas o Cabeça de Abóbora logo notou isso e começou a prestar mais atenção para pisar com cuidado, de modo que teve poucos acidentes.

Tip o levou pelo caminho sem parar por um instante. Não podiam ir muito rápido, mas caminhavam num ritmo constante e, quando a Lua se foi e o Sol apareceu por cima dos morros, eles tinham percorrido uma distância tão grande que o menino não tinha motivo para temer ser perseguido pela velha bruxa. Além disso, ele tinha virado primeiro em um caminho, depois em outro, de modo que se alguém os seguisse, seria bem difícil adivinhar para que lado tinham ido ou onde procurá-los.

Satisfeito de ter escapado – por um tempo, pelo menos – de ser transformado em estátua de mármore, o garoto parou seu companheiro e sentou-se numa pedra ao lado da estrada.

– Vamos tomar café da manhã – disse.

Jack Cabeça de Abóbora observou Tip com curiosidade, mas se recusou a compartilhar da refeição.

– Não pareço ser feito da mesma maneira que você – disse ele.

– Eu sei que você não é – respondeu Tip –, pois fui eu que o fabriquei.

– Ah! Foi mesmo? – perguntou Jack.

– Com certeza. E montei. E esculpi seus olhos, nariz, orelhas e bocas – disse Tip, com orgulho. – E o vesti.

Jack olhou seu corpo e seus membros criticamente.

– Parece-me que você fez um ótimo trabalho – comentou.

– Mais ou menos – respondeu Tip, com modéstia, pois começava a ver certos defeitos na construção de seu homem. – Se eu soubesse que íamos viajar juntos, teria sido mais cuidadoso.

– Bem, então – disse o Cabeça de Abóbora num tom que expressava surpresa –, você deve ser meu criador, meu pai!

– Ou seu inventor – respondeu o menino, rindo. – Sim, meu filho; acredito que eu seja, sim!

– Então, devo obedecê-lo – continuou o homem – e você deve me... sustentar.

– Isso, exatamente – declarou Tip, pulando. – Então, vamos indo.

– Aonde vamos? – quis saber Jack, quando retomaram a jornada.

– Não tenho muita certeza – disse o menino –, mas acredito que estamos indo na direção sul e isso nos levará, mais cedo ou mais tarde, à Cidade das Esmeraldas.

– Que cidade é essa? – inquiriu o Cabeça de Abóbora.

– Bem, é o centro da Terra de Oz e a maior cidade de todo o país. Nunca estive lá pessoalmente, mas já escutei toda a história. Foi construída por um mágico poderoso e maravilhoso chamado Oz, e tudo lá é verde, assim como no País dos Gillikins tudo é roxo.

– Tudo aqui é roxo? – perguntou Jack.

– Claro que é. Não está vendo? – respondeu o menino.

– Acho que eu devo ser daltônico – disse o Cabeça de Abóbora, depois de olhar ao redor.

– Bem, a grama é roxa, as árvores são roxas e as casas e cercas são roxas – explicou Tip. – Até a lama nas estradas é roxa. Mas tudo que aqui é roxo, é verde na Cidade das Esmeraldas. E no País dos Munchkins, no leste, tudo é azul; e no País dos Quadlings, no sul, tudo é vermelho; e no País dos Winkies, no oeste, onde quem governa é um Homem de Lata, tudo é amarelo.

– Ah! – exclamou Jack. Depois de uma pausa, perguntou: – Você disse que um Homem de Lata governa os Winkies?

– Sim; ele foi um dos que ajudou Dorothy a destruir a Bruxa Má do Oeste, e os winkies ficaram tão gratos que o convidaram para ser seu governante, assim como as pessoas da Cidade das Esmeraldas convidaram o Espantalho para governá-las.

– Que coisa! – disse Jack. – Estou ficando confuso com toda essa história. Quem é o Espantalho?

– Outro amigo de Dorothy – respondeu Tip.

– E quem é Dorothy?

– Uma garota que chegou aqui vinda do Kansas, um lugar no grande Mundo lá fora. Ela foi levada por um ciclone para a Terra de Oz e, enquanto estava lá, o Espantalho e o Homem de Lata a acompanharam em suas viagens.

– E onde ela está hoje? – questionou o Cabeça de Abóbora.

– Glinda, a Boa, que governa os quadlings, a mandou de volta para casa – disse o menino.

– Ah. E o que aconteceu com o Espantalho?

– Eu já disse. Ele governa a Cidade das Esmeraldas – respondeu Tip.

– Achei que você tinha dito que ela era governada por um maravilhoso Mágico – objetou Jack, parecendo cada vez mais confuso.

– Bem, eu disse, mesmo. Agora, preste atenção que vou explicar – disse Tip, falando devagar e olhando o Cabeça de Abóbora sorridente bem nos olhos. – Dorothy foi à Cidade das Esmeraldas para pedir que o Mágico a levasse de volta para o Kansas; e o Espantalho e o Homem de Lata foram junto. Mas o Mágico não podia mandá-la de volta, porque não era tão mágico quanto dizia ser. E aí eles ficaram bravos com o Mágico e ameaçaram expô-lo; então, o Mágico fez um grande balão e escapou nele, e ninguém nunca mais o viu.

– Puxa, que história interessante – disse Jack, satisfeito –, e entendo tudo perfeitamente, exceto pela explicação.

– Que bom que entende – respondeu Tip. – Depois de o Mágico sumir, o povo da Cidade das Esmeraldas tornou Sua Majestade o Espantalho seu rei, e ouvi falar que ele virou um governante muito popular.

– Vamos ver esse rei esquisito? – perguntou Jack com interesse.

– Acho que podemos – respondeu o garoto –, a não ser que você tenha algo melhor a fazer.

– Ah, não, querido pai – disse o Cabeça de Abóbora. – Estou bem disposto a ir aonde você quiser.

TIP FAZ UM EXPERIMENTO DE MÁGICA

O garoto, pequeno e de aparência bem delicada, pareceu um pouco envergonhado de ser chamado de "pai" pelo homem alto e esquisito com cabeça de abóbora, mas negar a relação envolveria outra explicação longa e tediosa; então, ele mudou de assunto e perguntou abruptamente:

– Está cansado?

– É claro que não! – respondeu o outro. – Mas – continuou, após uma pausa – é bem certo que vou desgastar minhas juntas de madeira se continuar andando.

Tip refletiu, conforme seguiam em frente, que era verdade. Ele começava a arrepender-se de não ter construído os membros de madeira com mais cuidado e solidez. Mas como poderia imaginar que o homem que fizera simplesmente para assustar Mombi seria trazido à vida por meio de um pó mágico contido numa velha caixinha de pimenta?

Então, deixou de repreender-se e começou a pensar em como ainda poderia remediar as deficiências das juntas fracas de Jack.

Enquanto estava envolvido nisso, chegaram à margem de um bosque, e o menino sentou-se para descansar num velho cavalete que algum lenhador havia deixado ali.

– Por que não se senta? – perguntou ao Cabeça de Abóbora.

– Não vai forçar demais minhas juntas? – questionou o outro.

– É claro que não. Vai descansá-las – declarou o garoto.

Então, Jack tentou sentar-se; mas, assim que dobrou suas juntas mais do que o normal, elas cederam totalmente e ele caiu no chão com tanto estrondo que Tip temeu que ele estivesse completamente arruinado.

Ele correu para o homem, levantou-o, endireitou seus braços e suas pernas e sentiu a cabeça para ver se, por acaso, tinha rachado. Mas Jack parecia estar em boa forma, e Tip disse a ele:

– Acho melhor ficar de pé. Parece o mais seguro.

– Muito bem, querido pai, como disser – respondeu o sorridente Jack, que não tinha ficado nada confuso com a queda.

Tip sentou-se de novo. Logo, o Cabeça de Abóbora perguntou:

– O que é esse negócio em que você está sentado?

– Ah, é um cavalo – respondeu o garoto, sem dar muita atenção.

– O que é um cavalo? – quis saber Jack.

– Um cavalo? Bem, há dois tipos de cavalos – devolveu Tip, levemente confuso sobre como explicar. – Um tipo é vivo, tem quatro patas, uma cabeça e uma cauda. E as pessoas montam em suas costas.

– Entendo – disse Jack, alegre. – Esse é o tipo de cavalo em que você está sentado.

– Não, não é – respondeu Tip de imediato.

– Por que não? Esse tem quatro patas, uma cabeça e uma cauda.

Tip olhou com mais atenção para o cavalete e viu que o Cabeça de Abóbora tinha razão. O corpo tinha sido formado por um tronco de árvore, e em uma das pontas havia sido deixado um galho que parecia muito uma cauda. Na outra, dois grandes nós lembravam os olhos, e havia sido cortado um espaço que podia facilmente ser confundido com a boca do cavalo. Quanto às pernas, eram quatro membros retos, cortados de árvores e presos no corpo, colocados bem distantes para que o cavalete ficasse firme quando se colocava uma madeira em cima para serrar.

– Esse negócio lembra um cavalo de verdade mais do que eu imaginei – disse Tip, tentando explicar. – Mas um cavalo real é vivo, trota, e cavalga, e come aveia, enquanto isso é só um cavalo morto, feito de madeira e usado para serrar toras.

– Se estivesse vivo, ele não ia trotar, e cavalgar, e comer aveia? – inquiriu o Cabeça de Abóbora.

– Ia trotar e cavalgar, talvez; mas não ia comer aveia – respondeu o garoto, rindo da ideia. – E, claro, nunca pode estar vivo, porque é feito de madeira.

– Eu também – respondeu o homem.

Tip olhou surpreso para ele.

– Ora, é mesmo! – exclamou. – E o pó mágico que lhe deu a vida está bem aqui no meu bolso.

Ele pegou a caixinha de pimenta e a olhou com curiosidade.

– Imagino – disse ele, pensativo – se isso desse vida ao cavalete.

– Se sim – respondeu Jack, calmamente, pois nada parecia surpreendê-lo –, eu poderia montar nas costas dele, e isso faria com que minhas juntas não se desgastassem.

– Vou tentar! – falou o garoto, dando um pulo. – Mas será que consigo lembrar as palavras que a velha Mombi disse e a forma como ela levantou as mãos?

Ele pensou por um minuto e, como tinha observado atentamente da cerca todos os movimentos da velha bruxa e ouvido suas palavras, acreditava poder repetir exatamente o que ela tinha dito e feito.

Então, ele começou salpicando um pouco do mágico Pó da Vida da caixinha de pimenta no corpo do cavalete. Aí, levantou a mão esquerda, com o dedinho apontado para cima, e disse:

– Pift!

– O que isso quer dizer, querido pai? – perguntou Jack, curioso.

– Não sei – respondeu Tip. Então, levantou a mão direita, com o dedão apontando para cima, e disse:

– Paft!

– O que é isso, querido pai? – questionou Jack.

– Quer dizer que é para você ficar quieto! – respondeu o garoto, irritado por ser interrompido num momento tão importante.

– Como estou aprendendo rápido! – comentou o Cabeça de Abóbora, com seu eterno sorriso.

Tip agora levantou as duas mãos acima da cabeça, com todos os dedos espalhados, e gritou em voz alta:

– Poft!

Imediatamente, o cavalete se mexeu, esticou as pernas, bocejou com sua boca cortada e se chacoalhou para tirar alguns grãos do pó de suas costas. O resto parecia ter desaparecido no corpo do cavalo.

– Que bom! – gritou Jack, enquanto o garoto olhava impressionado. – Você é um feiticeiro muito esperto, querido pai!

O DESPERTAR DO CAVALETE

O Cavalete, vendo-se vivo, pareceu ainda mais impressionado do que Tip. Revirou seus olhinhos de nó de um lado ao outro, olhando pela primeira vez o mundo no qual agora tinha uma existência tão importante. Então, tentou olhar a si mesmo, mas não tinha, na verdade, pescoço para virar; assim, na tentativa de ver seu corpo, ficou girando e girando, sem nunca conseguir um relance. Suas pernas eram duras e desajeitadas, pois não havia nelas joelhos; então, logo ele bateu em Jack Cabeça de Abóbora e fez com que ele saísse rolando pelo limo que cobria a lateral da estrada.

Tip ficou alarmado com esse acidente, além da persistência do Cavalete em andar em círculos, então, chamou:

– Upa! Upa, você!

O Cavalete não prestou nenhuma atenção a esse comando, e no instante seguinte suas pernas de madeira pisaram tão forte no pé de Tip que o menino saiu pulando de dor para uma distância mais segura, de onde gritou de novo:

– Upa! Upa, eu disse!

Jack agora tinha conseguido sentar-se e olhou para o Cavalete com muito interesse.

– Não acho que o animal consiga ouvi-lo – comentou.

– Eu estou gritando bem alto, não estou? – respondeu Tip, bravo.

– Sim, mas o cavalo não tem orelhas – disse o Cabeça de Abóbora sorridente.

– É claro! – exclamou Tip, notando o fato pela primeira vez. – Então, como vou pará-lo?

Mas, naquele momento, o Cavalete parou a si mesmo, tendo concluído que era impossível ver seu próprio corpo. Viu Tip, porém, e aproximou-se para observar melhor o garoto.

Era mesmo cômico ver aquela criatura andar, pois movia as pernas do lado direito ao mesmo tempo, e as do lado esquerdo também, como faz um cavalo em espera; e isso fazia o corpo dele balançar de um lado para o outro como um berço.

Tip deu um tapinha na cabeça dele, dizendo "bom menino! Bom menino" num tom motivador; e o Cavalete saiu andando para examinar, com seus olhos esbugalhados, a forma de Jack Cabeça de Abóbora.

– Preciso achar uma rédea para ele – disse Tip e, tendo procurado no bolso, achou uma corda forte. Depois de desenrolá-la, ele se aproximou do Cavalete e amarrou a corda em torno de seu pescoço, prendendo a outra ponta numa grande árvore. O Cavalete, sem entender a ação, deu um passo para trás e quebrou com facilidade a corda, mas não tentou fugir.

– Ele é mais forte do que pensei – disse o garoto – e bem obstinado também.

– Por que não faz umas orelhas para ele? – perguntou Jack. – Aí, pode dizer-lhe o que fazer.

– É uma ideia esplêndida! – disse Tip. – Como você pensou nisso?

– Bom, não pensei – respondeu o Cabeça de Abóbora. – Não precisei, pois é a coisa mais simples e fácil de fazer.

Então, Tip pegou sua faca e esculpiu umas orelhas em um pedaço do tronco de uma arvorezinha.

– Não devo fazê-las grandes demais – disse enquanto cortava –, ou nosso cavalo vai virar um burro.

– Como assim? – questionou Jack, à beira da estrada.

– Bem, um cavalo tem orelhas maiores que as de um homem; e um burro tem orelhas maiores que a de um cavalo – explicou Tip.

– Então, se minhas orelhas fossem maiores, eu seria um cavalo? – perguntou Jack.

– Meu amigo – disse Tip, com seriedade –, você nunca vai ser nada que não um Cabeça de Abóbora, não importa o tamanho de suas orelhas.

– Ah – respondeu Jack, assentindo –, acho que entendo.

– Se sim, você é um fenômeno – comentou o garoto –, mas não tem problema achar que entendeu. Acho que essas orelhas estão prontas agora. Pode segurar o cavalo enquanto eu as grudo?

– Certamente, se me ajudar a levantar – disse Jack.

Então, Tip levantou-o, e o Cabeça de Abóbora foi ao cavalo e segurou a cabeça dele enquanto o garoto fazia dois buracos com a lâmina de sua faca e inseria as orelhas.

– Elas o deixam muito bonito – falou Jack, admirado.

Mas essas palavras, ditas perto do Cavalete e sendo os primeiros sons que ele ouvia, assustaram tanto o animal que ele se lançou para a frente e derrubou Tip, de um lado, e Jack, do outro. Então, continuou correndo como se assustado com o som de seus próprios passos.

– Upa! – gritou Tip, levantando-se. – Upa! Upa, seu idiota!

O Cavalete provavelmente não teria prestado atenção a isso, mas bem nesse momento tinha enfiado uma perna num buraco de esquilo e caído de cabeça para baixo no chão, onde permaneceu deitado de costas, agitando as quatro patas freneticamente no ar.

Tip correu até ele.

– Você é um cavalo bem esquisito, devo dizer! – exclamou. – Por que não parou quando eu gritei "upa"?

– "Upa" quer dizer para parar? – perguntou o Cavalete, com voz de surpresa, rolando os olhos para cima para ver o garoto.

– É claro que sim – respondeu Tip.

– E um buraco no chão também quer dizer para parar, não é? – continuou o cavalo.

– Com certeza, a não ser que você pule por cima dele – disse Tip.

– Que lugar estranho este – falou a criatura, como se surpresa. – O que estou fazendo aqui?

– Bem, eu lhe dei a vida – respondeu o garoto –, mas mal nenhum vai lhe acontecer se prestar atenção em mim e fizer o que eu mandar.

– Então, vou fazer o que mandar – respondeu o Cavalete, humilde. – Mas o que aconteceu comigo há pouco? Por algum motivo, não pareço estar muito certo.

– Você está de ponta-cabeça – explicou Tip. – Mas fique com essas pernas paradas um pouco e vou colocá-lo direito de novo.

– Quantos lados eu tenho? – perguntou a criatura, admirada.

– Vários – disse Tip, brevemente. – Mas fique com essas pernas paradas.

O Cavalete ficou quieto e segurou as pernas rígidas, de modo que Tip, após vários esforços, conseguiu rolá-lo e colocá-lo de pé.

– Ah, agora pareço estar bem – disse o animal estranho, com um suspiro.

– Uma de suas orelhas está quebrada – anunciou Tip, após um cuidadoso exame. – Vou ter que fazer uma nova.

– Então, ele levou o Cavalete de volta para onde Jack estava tentando em vão levantar-se e, depois de ajudar o Cabeça de Abóbora a ficar de pé, Tip cortou uma nova orelha e prendeu na cabeça do cavalo.

– Agora – disse ele a seu corcel –, preste atenção no que vou dizer. "Upa!" quer dizer para parar; "adiante!" quer dizer para ir em frente; "trotar!" quer dizer para ir o mais rápido que puder. Entendeu?

– Acredito que sim – devolveu o cavalo.

– Muito bem. Agora nós vamos iniciar uma jornada até a Cidade das Esmeraldas para ver Sua Majestade, o Espantalho; e Jack Cabeça de Abóbora vai montado em suas costas, para não desgastar as juntas dele.

– Não me importo – disse o Cavalete. – O que for bom para você é bom para mim.

Então, Tip ajudou Jack a subir no cavalo.

– Segure firme – alertou – para não cair e quebrar sua cabeça de abóbora.

– Isso seria horrível! – disse Jack, com um arrepio. – No que devo me segurar?

– Bom, segure nas orelhas dele – respondeu Tip, depois de hesitar por um momento.

– Não faça isso! – repreendeu o Cavalete. – Assim, não vou conseguir ouvir.

Pareceu razoável, então, Tip tentou pensar em outra coisa.

– Vou consertar! – disse, por fim. Ele foi ao bosque e cortou um galho curto de uma árvore jovem e robusta. Ele afiou uma ponta e aí abriu um buraco nas costas do Cavalete, logo atrás da cabeça. Depois, trouxe uma pedra da estrada e martelou a estaca com firmeza nas costas do animal.

– Pare! Pare! – gritou o cavalete. – Você está me chacoalhando terrivelmente.

– Está doendo? – perguntou o garoto.

– Não exatamente doendo – respondeu o animal –, mas ser chacoalhado me deixa bem nervoso.

– Bem, já terminou – disse Tip, encorajador. – Agora, Jack, certifique-se de segurar forte na estaca e, aí, não vai cair e se estropiar.

Então, Jack segurou firme, e Tip disse ao cavalo:

– Adiante.

A criatura obediente foi para frente na mesma hora, balançando de um lado para o outro quando levantava as patas do chão.

Tip caminhou ao lado do Cavalete, bem satisfeito com a companhia de mais um ao grupo deles. Logo começou a assoviar.

– O que significa esse som? – quis saber o cavalo.

– Não preste atenção nele – falou Tip. – Estou só assoviando, e isso quer dizer apenas que estou bem contente.

– Eu mesmo assoviaria, se conseguisse unir meus lábios – comentou Jack. – Infelizmente, querido pai, em alguns aspectos sou muito defeituoso.

Depois de viajarem por alguma distância, o caminho estreito pelo qual seguiam transformou-se numa estrada ampla, pavimentada de tijolo amarelo. Ao lado da estrada, Tip notou uma placa que dizia:

QUINZE QUILÔMETROS ATÉ A CIDADE DAS ESMERALDAS

Mas estava ficando escuro, então ele decidiu acampar para passar a noite ao lado da estrada e retomar a viagem na manhã seguinte ao nascer do sol. Levou o Cavalete a um monte gramado no qual cresciam vários arbustos e ajudou com cuidado o Cabeça de Abóbora a desmontar.

– Acho que vou deitá-lo aqui no chão durante a noite – falou o garoto. – Vai ficar mais seguro assim.

– E eu? – perguntou o Cavalete.

– Ficar de pé não vai fazer mal para você – respondeu Tip – e, como não pode dormir, pode ficar de guarda para ninguém chegar perto e nos perturbar.

Então, o garoto esticou-se na grama ao lado do Cabeça de Abóbora e, muito cansado da jornada, logo adormeceu.

A JORNADA DE JACK CABEÇA DE ABÓBORA À CIDADE DAS ESMERALDAS

Ao nascer do dia, Tip foi acordado pelo Cabeça de Abóbora. Esfregou os olhos sonolentos, banhou-se num pequeno riacho e comeu uma porção de seu pão e de seu queijo. Preparado para um novo dia, o garoto disse:

– Vamos começar logo. Quinze quilômetros é bem distante, mas, se não houver nenhum acidente, devemos chegar à Cidade das Esmeraldas ao meio-dia.

Então, o Cabeça de Abóbora subiu de novo nas costas do Cavalete, e a jornada foi retomada.

Tip notou que o tom roxo da grama e das árvores agora tinha desbotado para um lavanda-claro e, logo, esse lavanda pareceu adquirir um tom esverdeado que gradualmente ficou mais vivo conforme se aproximavam da grande cidade governada pelo Espantalho.

O pequeno grupo tinha viajado apenas três quilômetros de seu caminho quando a estrada de tijolo amarelo foi cortada por um rio amplo e de corredeira rápida. Tip não sabia como cruzá-lo, mas, depois de um tempo, descobriu um homem numa balsa se aproximando do outro lado do riacho.

– Pode nos levar até o outro lado?

– Sim, se tiver dinheiro – respondeu o barqueiro, cujo rosto parecia irritado e antipático.

– Mas eu não tenho dinheiro – disse Tip.

– Nada? – perguntou o homem.

– Nada – respondeu o menino.

– Então, não vou me cansar remando para vocês – disse o barqueiro, decidido.

– Que homem legal! – comentou o Cabeça de Abóbora, sorrindo.

O barqueiro olhou para ele, mas não respondeu. Tip estava tentando pensar, pois era uma grande decepção ver sua jornada terminar tão repentinamente.

– Preciso de qualquer jeito chegar à Cidade das Esmeraldas – falou ao barqueiro –, mas como vou cruzar o rio se você não me levar?

O homem riu, e não foi uma risada simpática.

– Aquele cavalete flutua – disse ele –, e você pode ir em cima dele. Quanto ao cabeça de abóbora que te acompanha, deixar afundar ou nadar não vai fazer muita diferença.

– Não se preocupe comigo – falou Jack, sorrindo agradável para o barqueiro mal-humorado. – Com certeza, vou flutuar lindamente.

Tip pensou que valia o experimento, e o Cavalete, que não sabia o significado de perigo, não ofereceu objeção alguma. Então, o garoto o levou para a água e subiu em suas costas. Jack também entrou até os joelhos e agarrou a cauda do cavalo para conseguir manter sua cabeça de abóbora acima da superfície.

– Agora – disse Tip, instruindo o Cavalete –, se bater suas pernas, provavelmente vai nadar; e se você nadar, provavelmente vamos chegar ao outro lado.

O Cavalete começou na hora a bater as pernas, que agiram como remos e levaram os aventureiros lentamente para o outro lado do rio. A viagem foi tão bem-sucedida, que logo estavam subindo pela margem gramada, molhados e pingando.

As calças e os sapatos de Tip estavam totalmente encharcados; mas o Cavalete tinha flutuado tão perfeitamente que, dos joelhos para cima, o garoto estava inteiramente seco. Quanto ao Cabeça de Abóbora, cada costura de suas lindas roupas pingava água.

– O sol logo nos secará – disse Tip – e, de todo modo, agora estamos seguros neste outro lado, apesar do barqueiro, e podemos continuar nossa jornada.

– Não me importei nem um pouco de nadar – comentou o cavalo.

– Nem eu – adicionou Jack.

Logo voltaram à estrada de tijolo amarelo, que se provou uma continuação daquela que tinham deixado do outro lado, e Tip de novo montou o Cabeça de Abóbora nas costas do Cavalete.

– Se você for rápido – disse ele –, o vento vai ajudar a secar sua roupa. Vou segurar a cauda do cavalo e correr atrás. Dessa forma, todos vamos ficar secos em muito pouco tempo.

– Então, o cavalo precisa andar com animação – falou Jack.

– Vou dar meu melhor – respondeu o Cavalete, alegre.

Tip agarrou a ponta do galho que servia de cauda ao Cavalete, e falou alto:

– Adiante!

O cavalo começou a ir num bom ritmo, e Tip seguiu atrás. Então, decidiu que podiam ir mais rápido, então, gritou:

– Trotar!

Agora, o Cavalete lembrou que essa palavra era o comando para ir o mais rápido possível, então começou a balançar pela estrada num ritmo tremendo, e Tip teve que trabalhar duro – correndo mais rápido do que nunca na vida – para seguir.

Logo ele estava sem fôlego e, embora quisesse gritar "upa!" para o cavalo, percebeu que não conseguia fazer a palavra sair de sua garganta. Então, a ponta da cauda que ele estava agarrando, que não era nada mais que um galho morto, de repente quebrou, e no minuto seguinte o garoto estava rolando na poeira da estrada, enquanto o cavalo e seu cavaleiro seguiram e logo desapareceram à distância.

Quando Tip conseguiu se recompor e limpar a poeira de sua garganta para poder dizer "upa!", não tinha mais necessidade, pois o cavalo desaparecera havia muito.

Então, ele fez a única coisa possível. Sentou-se e descansou bastante, e depois começou a caminhar pela estrada.

– Em algum momento, com certeza vou ultrapassá-los – refletiu –, pois a estrada vai acabar nos portões da Cidade das Esmeraldas, e eles não podem ir mais longe do que isso.

Enquanto isso, Jack estava segurando firme na estaca, e o Cavalete seguia pela estrada como um corredor. Nenhum dos dois sabia que Tip tinha ficado para trás, pois o Cabeça de Abóbora não se virou, e o Cavalete não conseguia fazê-lo.

Enquanto cavalgava, Jack notou que a grama e as árvores tinham ficado com uma cor verde-esmeralda, então imaginou que estavam se aproximando da Cidade das Esmeraldas antes mesmo de as torres e os domos altos aparecerem.

Por fim, um muro alto de pedra verde, cravejado de grossas esmeraldas, avultou-se diante deles; e temendo que o Cavalete não soubesse parar e pudesse espatifar os dois contra o muro, Jack arriscou gritar "upa!" o mais alto que conseguia.

O cavalo obedeceu tão de repente que, se não fosse a estaca, Jack teria sido jogado de cabeça e arruinado seu lindo rosto.

– Foi uma jornada rápida, querido pai! – exclamou, e então, sem ouvir resposta, virou-se e descobriu pela primeira vez que Tip não estava lá.

Essa aparente deserção confundiu o Cabeça de Abóbora e o deixou inquieto. E enquanto ele se perguntava o que tinha acontecido com o garoto e o que fazer em circunstâncias tão desafiadoras, o portão no muro verde se abriu e um homem saiu.

Esse homem era baixinho e redondo, com um rosto gordo que parecia incrivelmente bem-humorado. Estava vestido todo de verde com um chapéu alto e pontudo na cabeça e óculos verdes sobre os olhos. Fazendo uma mesura diante do Cabeça de Abóbora, ele disse:

– Eu sou o Guardião dos Portões da Cidade das Esmeraldas. Posso perguntar quem é você e o que faz aqui?

– Meu nome é Jack Cabeça de Abóbora – respondeu o outro, sorrindo –, mas, quanto ao que faço aqui, não tenho a menor ideia do que seja.

O Guardião dos Portões pareceu surpreso e balançou a cabeça, insatisfeito com aquela resposta.

– O que é você, um homem ou uma abóbora? – perguntou com educação.

– Ambos, por favor – respondeu Jack.

– E esse cavalo de madeira, está vivo? – questionou o Guardião.

O cavalo rolou um olho para cima e piscou para Jack. Então, empinou e desceu com uma perna nos dedos do pé do Guardião.

– Ai! – gritou o homem. – Desculpe ter feito essa pergunta. Mas a resposta é bem convincente. Tem algum assunto, senhor, na Cidade das Esmeraldas?

– Parece-me que sim – respondeu o Cabeça de Abóbora, sério –, mas não consigo pensar no quê. Meu pai sabe tudo sobre isso, mas ele não está aqui.

– Isso é uma coisa muito, muito estranha! – declarou o Guardião. – Mas vocês parecem inofensivos. As pessoas não sorriem tão abertamente quando pretendem fazer maldade.

– Quanto a isso – disse Jack –, não consigo evitar meu sorriso, pois está talhado em meu rosto com um canivete.

– Bem, venha comigo à minha sala – continuou o Guardião – e verei o que pode ser feito por você.

Então, Jack atravessou o portão montado no Cavalete e foi até uma salinha construída no muro. O Guardião puxou uma corda de um sino, e imediatamente um soldado muito alto – vestido com um uniforme verde – entrou pela porta oposta. Esse soldado carregava uma longa arma verde em cima do ombro e tinha lindos bigodes verdes que caíam quase até seus joelhos. O Guardião logo se dirigiu a ele, dizendo:

– Aqui está um senhor esquisito que não sabe por que veio à Cidade das Esmeraldas nem o que quer. Diga-me, o que devemos fazer com ele?

O Soldado dos Bigodes Verdes olhou para Jack com muito cuidado e curiosidade. Finalmente, balançou a cabeça tão positivamente que pequenas ondas percorreram seus bigodes, e disse:

– Devo levá-lo a Sua Majestade, o Espantalho.

– Mas o que Sua Majestade, o Espantalho, vai fazer com ele? – perguntou o Guardião dos Portões.

– Isso é problema de Sua Majestade – respondeu o soldado. – Já tenho meus próprios problemas. Todos os problemas externos devem ser entregues a Sua Majestade. Portanto, coloque os óculos nesse camarada, e eu vou levá-lo ao palácio real.

Então, o Guardião abriu uma grande caixa de óculos e tentou achar um par para os grandes olhos redondos de Jack.

– Não tenho um par no estoque que realmente cubra esses olhos – falou o homenzinho, com um suspiro –, e sua cabeça é tão grande que vou ser obrigado a amarrar os óculos.

– Mas por que preciso usar óculos? – perguntou Jack.

– É o costume aqui – disse o soldado –, e eles vão evitar que você seja cegado pelo brilho e o clarão da maravilhosa Cidade das Esmeraldas.

– Ah! – exclamou Jack. – Amarre-os, por favor. Não quero ser cegado.

– Nem eu! – interrompeu o Cavalete; então, um par de óculos verdes foi rapidamente amarrado sobre os nós esbugalhados que serviam como seus olhos.

Assim, o Soldado dos Bigodes Verdes os levou pelo portão interior e, num instante, viram-se na rua principal da magnífica Cidade das Esmeraldas.

Pedras preciosas verdes e brilhantes enfeitavam a frente das lindas casas, e todas as torres e torreões eram todos cobertos de esmeraldas. Até a calçada de mármore verde brilhava com pedras preciosas, e era de fato uma visão grandiosa e maravilhosa para quem a via pela primeira vez.

O Cabeça de Abóbora e o Cavalete, porém, sem saber nada de riqueza e beleza, não prestaram atenção às lindas coisas que viam por seus óculos verdes. Seguiram calmamente o soldado e mal notaram as multidões de pessoas verdes que os miravam com surpresa. Quando um cachorro verde saiu correndo e latindo para eles, o Cavalete prontamente o chutou com sua perna de madeira e fez o animalzinho entrar uivando numa das casas; mas nada mais sério aconteceu para interromper seu progresso até o palácio real.

O Cabeça de Abóbora queria subir a cavalo os degraus de mármore verde e entrar direto na presença do Espantalho; mas o soldado não permitiu. Então, Jack desmontou, com muita dificuldade, e um servo levou o Cavalete para os fundos enquanto o Soldado dos Bigodes Verdes acompanhava o Cabeça de Abóbora no palácio, pela entrada principal.

O estranho foi deixado numa sala de espera lindamente mobiliada enquanto o soldado ia anunciá-lo. Por acaso, naquele momento, Sua Alteza estava à toa e muito entediado pela falta do que fazer, então, ordenou que o visitante fosse levado imediatamente à sala do trono.

Jack não sentiu medo nem vergonha por conhecer o governante dessa magnífica cidade, pois era totalmente ignorante de todos os costumes mundanos. Mas, quando entrou na sala e viu pela primeira vez Sua Majestade, o Espantalho, sentado em seu trono brilhante, parou de repente, espantado.

SUA MAJESTADE, O ESPANTALHO

Imagino que todo leitor deste livro saiba o que é um espantalho; mas Jack Cabeça de Abóbora, nunca tendo visto tal criação, ficou mais surpreso em conhecer o impressionante rei da Cidade das Esmeraldas do que com qualquer outra experiência de sua breve vida.

Sua Majestade, o Espantalho, estava vestido com um terno azul desbotado, e sua cabeça era apenas um pequeno saco cheio de palha, no qual olhos, orelhas, um nariz e uma boca tinham sido pintados numa representação rudimentar de um rosto. As roupas também eram preenchidas de palha, e de forma tão desigual ou descuidada que as pernas e os braços de Sua Majestade pareciam mais irregulares que o normal. Em suas mãos havia luvas com longos dedos, acolchoadas com algodão. Mechas de palha mostravam-se por baixo do casaco do monarca e também em seu pescoço e no topo de suas botas. Na cabeça, ele usava uma pesada coroa de ouro com grossas joias brilhantes, e o peso dessa coroa fazia com que sua testa cedesse em rugas, dando uma expressão pensativa ao seu rosto pintado. De fato, só a coroa exprimia majestade; em todo o resto, o rei Espantalho era apenas um simples espantalho – frágil, desajeitado e insubstancial.

Mas se a estranha aparência de Sua Majestade, o Espantalho, parecia estranha a Jack, a forma do Cabeça de Abóbora também não era menos maravilhosa ao Espantalho. A calça roxa, o colete cor-de-rosa e a camisa vermelha estavam pendurados frouxos por cima das juntas de madeira fabricadas por Tip, e o rosto esculpido na abóbora sorria perpetuamente, como se aquele que o mostrava considerasse a vida a coisa mais alegre que se podia imaginar.

No início, claro, Sua Majestade achou que seu estranho visitante estava rindo dele e ficou inclinado a ressentir-se de tal liberdade; mas não foi sem motivo que o Espantalho adquiriu a reputação de personagem mais sábio da Terra de Oz. Examinou seu visitante mais cuidadosamente e logo descobriu que os traços de Jack eram esculpidos num sorriso, e que ele não conseguiria ficar sério nem que quisesse.

O rei foi o primeiro a falar. Após mirar Jack por alguns minutos, ele disse, num tom maravilhado:

– De onde diabos você veio e como é que está vivo?

– Perdão, Vossa Majestade – respondeu o Cabeça de Abóbora –, mas não entendo.

– O que não entende? – quis saber o Espantalho.

– Bem, não entendo sua linguagem. Veja, vim do País dos Gillikins, então, sou estrangeiro.

– Ah, mas é claro! – exclamou o Espantalho. – Eu falo a língua dos munchkins, que também é a língua da Cidade das Esmeraldas. Mas você, imagino, fala a língua dos Cabeças de Abóbora?

– Exatamente, Vossa Majestade – respondeu o outro, com uma mesura –, então será impossível nos entendermos.

– Isso é uma pena, com certeza – falou o Espantalho, pensativo. – Precisamos de um intérprete.

– O que é um intérprete? – perguntou Jack.

– Uma pessoa que entende tanto minha língua quanto a sua. Quando eu digo algo, o intérprete pode contar-lhe o que quero dizer; e quando você diz algo, o intérprete pode contar-me o que você quer dizer. Pois o intérprete conhece e entende as duas línguas.

– Isso é mesmo muito inteligente – disse Jack, bastante feliz por achar uma saída tão simples para uma situação difícil.

Então, o Espantalho ordenou que o Soldado dos Bigodes Verdes procurasse entre seu povo até achar alguém que entendia a língua dos gillikins bem como a língua da Cidade das Esmeraldas e trazer essa pessoa imediatamente. Quando o soldado se foi, o Espantalho disse:

– Não quer sentar-se enquanto esperamos?

– Vossa Majestade esquece que não o entendo – respondeu o Cabeça de Abóbora. – Se quiser que eu sente, precisa fazer um gesto para que eu o faça.

O Espantalho desceu de seu trono e rolou uma poltrona até a posição atrás do Cabeça de Abóbora. Então, deu um empurrão em Jack que o fez cair na poltrona de forma tão esquisita que ele se dobrou como um canivete, e teve muita dificuldade em se desemaranhar.

– Entendeu esse gesto? – perguntou Sua Majestade educadamente.

– Perfeitamente – declarou Jack, esticando os braços para virar a cabeça para a frente, já que a abóbora tinha se virado na estaca que a segurava.

– Você parece feito às pressas – comentou o Espantalho, vendo os esforços de Jack para se endireitar.

– Não mais do que Vossa Majestade – foi a resposta sincera.

– Essa é a diferença entre nós – disse o Espantalho. – Enquanto eu me dobro sem quebrar, você quebra, mas não se dobra.

Nesse momento, o soldado voltou trazendo pela mão uma jovem. Ela parecia muito doce e modesta, com um rosto belo e lindos olhos e cabelos verdes. Uma delicada saia verde de seda ia até os joelhos, mostrando meias de seda bordadas com favas de ervilha e sapatos de cetim com cabeças de alface como decoração, em vez de laços ou fivelas. Em sua cintura sedosa, estavam bordadas folhas de trevo, e ela usava uma jaquetinha jovial com esmeraldas brilhantes cortadas de um tamanho uniforme.

– Ora, é a pequena Jellia Jamb! – exclamou o Espantalho, quando a jovem verde baixou a bonita cabeça diante dele. – Você entende a língua dos gillikins, querida?

– Sim, Vossa Majestade – respondeu ela –, pois nasci no País do Norte.

– Então, será nossa intérprete – decretou o Espantalho – e explicará a ele tudo o que digo, e também me explicará tudo o que ele disser. Esse arranjo é satisfatório? – perguntou ele, virando-se na direção de seu convidado.

– Muito satisfatório, sim – foi a resposta.

– Então pergunte a ele, para começar – continuou o Espantalho, virando-se para Jellia –, o que o traz à Cidade das Esmeraldas.

Mas, em vez disso, a garota, que estava olhando fixamente para Jack, disse a ele:

– Você é certamente uma criatura maravilhosa. Quem o fez?

– Um garoto chamado Tip – respondeu Jack.

– O que ele está dizendo? – quis saber o Espantalho. – Meus ouvidos devem ter me enganado. O que ele disse?

– Ele diz que o cérebro de Vossa Majestade deve ter se soltado – respondeu a garota, recatada.

O Espantalho moveu-se desconfortável no trono e tocou a cabeça com a mão esquerda.

– Que coisa boa entender duas línguas diferentes – disse, com um suspiro perplexo. – Pergunte, minha querida, se ele tem alguma objeção em ser colocado na cadeia por insultar o governante da Cidade das Esmeraldas.

– Eu não o insultei! – protestou Jack, indignado.

– *Shh, shh!* – alertou o Espantalho. – Espere até Jellia traduzir meu discurso. Para que temos uma intérprete, se você vai explodir desse jeito precipitado?

– Está bem, eu espero – respondeu o Cabeça de Abóbora, num tom mal-humorado, embora seu rosto sorrisse tão amplamente quanto sempre. – Traduza o discurso, jovem.

– Vossa Majestade pergunta se você tem fome – disse Jellia.

– Ah, nem um pouco! – respondeu Jack, de forma mais agradável. – Pois para mim é impossível comer.

– Comigo é o mesmo – comentou o Espantalho. – O que ele disse, Jellia, querida?

– Perguntou se o senhor estava ciente de que um de seus olhos é pintado maior do que o outro – falou a garota, maliciosa.

– Não acredite nela, Vossa Majestade – implorou Jack.

– Ah, não acredito – respondeu o Espantalho, calmamente. Então, olhando seriamente para a garota, perguntou: – Tem certeza de que entende tanto a língua dos gillikins quanto a dos munchkins?

– Bastante certeza, Vossa Majestade – confirmou Jellia Jamb, tentando muito não rir na cara da realeza.

– Então, como é que eu mesmo pareço entendê-lo? – inquiriu o Espantalho.

– Porque é a mesma coisa! – declarou a menina, agora rindo alegremente. – Vossa Majestade não sabe que em toda a Terra de Oz só se fala uma língua?

– É verdade? – surpreendeu-se o Espantalho, muito aliviado por ouvir isso. – Então, eu mesmo poderia facilmente ter sido meu próprio intérprete.

– Foi tudo minha culpa, Vossa Majestade – disse Jack, parecendo um tolo. – Eu devo ter pensado que com certeza falaríamos línguas diferentes, já que somos de países diferentes.

– É um aviso para você nunca mais pensar – retorquiu o Espantalho, severo. – Pois a não ser que se pense sabiamente, é melhor continuar sendo um bobo, o que você com certeza é.

– Eu sou! Com certeza, sou! – concordou o Cabeça de Abóbora.

– Parece-me – prosseguiu o Espantalho, mais suavemente – que seu fabricante desperdiçou algumas boas peças de madeira para criar um homem indiferente.

– Garanto a Vossa Majestade que não pedi para ser criado – respondeu Jack.

– Ah! Foi igual no meu caso – disse o rei, em tom agradável. – E, como somos diferentes de todas as pessoas comuns, vamos nos tornar amigos.

– Com todo o meu coração! – exclamou Jack.

– O quê?! Você tem um coração? – perguntou o Espantalho, surpreso.

– Não, foi só uma imaginação. Posso dizer que é uma forma de falar – disse o outro.

– Bem, sua figura mais proeminente parece ser de madeira; então, devo pedir que segure uma imaginação que, sem ter cérebro, você não tem direito de exercer – sugeriu o Espantalho em tom de alerta.

– Mas é claro! – falou Jack, sem compreender nem um pouco.

Sua Majestade então dispensou Jellia Jamb e o Soldado dos Bigodes Verdes e, quando eles tinham ido, pegou seu novo amigo pelo braço e o levou ao pátio para uma partida de *koite*.

O EXÉRCITO DA REVOLTA
DA GENERAL JINJUR

Tip estava tão ansioso para se reunir a Jack e ao Cavalete, que andou metade da distância até a Cidade das Esmeraldas sem parar para descansar. Então, descobriu que estava com fome e que todos os biscoitos e queijo que ele tinha pegado para a jornada haviam sido comidos.

Enquanto se perguntava o que devia fazer nessa emergência, encontrou uma garota sentada à beira da estrada. Ela usava uma fantasia que o garoto achou incrivelmente brilhante: sua cintura sedosa era verde-esmeralda e a saia, de quatro cores distintas – azul na frente, amarelo do lado esquerdo, vermelho atrás e roxo do lado direito. Fechando a cintura na frente, havia quatro botões – o de cima azul, o seguinte amarelo, o terceiro vermelho e o último roxo.

O esplendor desse vestido era quase bárbaro, então, Tip tinha total justificativa de ficar olhando para a roupa por alguns momentos antes de seus olhos serem atraídos para o lindo rosto acima. Sim, o rosto era bem bonito, ele decidiu, mas estava com uma expressão de descontentamento combinada com um pouco de rebeldia ou audácia.

Enquanto o garoto olhava, ela o mirou calmamente. Uma cesta de almoço estava a seu lado, e ela segurava um sanduíche delicado numa mão e um ovo cozido na outra, comendo com um apetite tão evidente que suscitou a empatia de Tip.

Ele estava prestes a pedir um pouco da refeição, quando a garota se levantou e limpou as migalhas do colo.

– Pronto! – disse ela. – É hora de ir embora. Leve essa cesta para mim e sirva-se do conteúdo, se estiver com fome.

Tip pegou a cesta com ânsia e começou a comer, seguindo a garota estranha por um tempo, sem se preocupar em fazer perguntas. Ela caminhava à frente dele com passos rápidos, e havia nela um ar de decisão e importância que o fez suspeitar que ela fosse alguma grande personagem.

Finalmente, quando tinha satisfeito sua fome, ele correu para o lado dela e tentou manter o ritmo dos rápidos passos da menina – um feito bem difícil, pois ela era bem mais alta que ele e evidentemente estava com pressa.

– Muito obrigado pelos sanduíches – falou Tip, trotando. – Posso perguntar seu nome?

– Sou a general Jinjur – foi a breve resposta.

– Ah! – disse o garoto, surpreso. – Que tipo de general?

– Comando o Exército da Revolta nesta Guerra – respondeu a general, com desnecessária rispidez.

– Ah! – exclamou ele de novo. – Não sabia que tinha uma guerra.

– Você não teria como saber – devolveu ela –, pois a mantivemos em segredo; e, como nosso exército é composto apenas de garotas – adicionou, com algum orgulho –, certamente é algo incrível nossa Revolta ainda não ter sido descoberta.

– É mesmo – reconheceu Tip. – Mas cadê seu exército?

– A um quilômetro e meio daqui – explicou a general Jinjur. – As forças se reuniram de todas as partes da Terra de Oz, segundo minhas ordens expressas. Pois é hoje que vamos conquistar Sua Majestade, o Espantalho, e arrancá-lo do trono. O Exército da Revolta só espera minha chegada para marchar até a Cidade das Esmeraldas.

– Bem! – declarou Tip, inspirando fundo. – É mesmo algo surpreendente! Posso perguntar por que desejam conquistar Sua Majestade, o Espantalho?

– Porque a Cidade das Esmeraldas já é governada há tempo demais por homens, para começar – disse a garota. – Além do mais, a cidade brilha com lindas joias, que seriam mais bem usadas em anéis, pulseiras e colares; e há dinheiro suficiente no Tesouro para comprar para cada garota de nosso exército uma dezena de vestidos novos. Então, pretendemos conquistar a cidade e governar para nós mesmas.

Jinjur pronunciou essas palavras com uma avidez e decisão que provavam estar falando sério.

– Mas guerra é uma coisa horrível – disse Tip, pensativo.

– Esta guerra vai ser agradável – respondeu a garota, alegre.

– Muitas de vocês serão mortas! – continuou o garoto, num tom intimidante.

– Ah, não – garantiu Jinjur. – Que homem se oporia a uma garota ou ousaria machucá-la? E não tem um rosto feio em todo o meu exército.

Tip riu.

– Talvez você tenha razão – disse ele. – Mas o Guardião do Portão é considerado fiel, e o Exército do Rei não vai deixar que a cidade seja tomada sem lutar.

– O exército é velho e frágil – respondeu a general Jinjur, desdenhando. – A força dele foi toda usada para fazer seus bigodes crescerem, e a esposa dele é tão geniosa que já arrancou mais da metade pela raiz. Quando o Maravilhoso Mágico comandava o Soldado dos Bigodes Verdes, o

Exército do Rei era muito bom, pois as pessoas temiam o Mágico. Mas ninguém tem medo do Espantalho, então, o exército dele não conta muito na hora de uma guerra.

Depois dessa conversa, eles prosseguiram alguma distância em silêncio, e logo chegaram a uma grande clareira na floresta, onde quatrocentas jovens estavam reunidas. Elas estavam rindo e conversando alegremente como se estivessem se encontrando para um piquenique, não para uma guerra de conquista.

Estavam divididas em quatro companhias, e Tip notou que todas se vestiam com roupas parecidas às usadas pela general Jinjur. A única diferença real era que, enquanto as garotas do País dos Munchkins tinham a faixa azul na frente da saia, as do País dos Quadlings tinham a vermelha, as do País dos Winkies tinham a amarela, e as do País dos Gillikins tinham a roxa. Todas tinham cinturas verdes, representando a Cidade das Esmeraldas que pretendiam conquistar, e o botão acima da cintura indicava, com sua cor, de que país vinha cada garota. Os uniformes eram alegres e vistosos, e causavam um belo efeito quando vistos todos juntos.

Tip achou que esse estranho exército não tivesse nenhuma arma; mas, nisso, estava errado. Pois cada garota tinha enfiado dentro do nó do cabelo da nuca duas longas agulhas de tricô.

A general Jinjur imediatamente subiu num toco de árvore e dirigiu-se ao seu exército:

– Amigas, concidadãs e meninas! Estamos prestes a começar nossa grande Revolta contra os homens de Oz! Marchemos para conquistar a Cidade das Esmeraldas, destronar o rei Espantalho, adquirir milhares de lindas joias, pilhar o tesouro real e assumir o poder sobre nossos antigos opressores.

– Viva! – disseram as que tinham ouvido; mas Tip achou que a maioria do exército estava envolvida demais em conversinhas para prestar atenção às palavras da general.

O comando para marchar tinha sido dado, e as garotas se colocaram em quatro bandas, ou companhias, e saíram em passos ávidos na direção da Cidade das Esmeraldas.

O garoto seguiu atrás delas, carregando várias cestas, embrulhos e pacotes que várias componentes do Exército da Revolta tinham colocado a seus cuidados. Não levou muito para chegarem aos muros de granito verde da cidade e pararem diante do portão.

O Guardião do Portão imediatamente saiu e as mirou com curiosidade, como se um circo houvesse chegado à cidade. Ele carregava um molho de chaves pendurado no pescoço por uma corrente de ouro; as mãos estavam enfiadas descuidadamente nos bolsos, e ele parecia não ter ideia de que a cidade estava ameaçada por rebeldes. Em tom agradável, ele disse:

– Bom dia, garotas! O que posso fazer por vocês?

– Renda-se imediatamente! – respondeu a general Jinjur, parada diante dele e fechando a expressão da forma mais terrível que sua beleza permitia.

– Render-me! – ecoou o homem, atordoado. – Bem, é impossível. É contra a lei! Nunca ouvi algo assim em toda a minha vida.

– Mesmo assim, precisa render-se! – exclamou a general, feroz. – Estamos nos rebelando!

– Não parece – disse o Guardião, olhando de uma a outra com admiração.

– Mas estamos! – insistiu Jinjur, batendo o pé impaciente. – E vamos conquistar a Cidade das Esmeraldas!

– Minha nossa! – respondeu o surpreso Guardião dos Portões. – Que ideia mais sem sentido! Voltem para as mães, garotinhas, para tirar leite das vacas e fazer pães. Não sabem que é perigoso conquistar uma cidade?

– Não temos medo! – respondeu a general, e parecia tão determinada que o Guardião ficou tenso.

Então, ele tocou o sino para chamar o Soldado dos Bigodes Verdes, e no minuto seguinte arrependeu-se. Pois imediatamente foi cercado por uma multidão de garotas que tiraram agulhas de tricô do cabelo e começaram a cutucar o Guardião com as pontas afiadas, perigosamente perto de suas bochechas gordas e de seus olhos que piscavam.

O pobre homem gritava alto por piedade e não resistiu quando Jinjur pegou o molho de chaves do pescoço dele.

Seguida por seu exército, a general agora correu para o portão, onde foi confrontada pelo Exército Real de Oz – que era outro nome do Soldado dos Bigodes Verdes.

– Parem! – gritou ele, e apontou sua longa arma bem na cara da líder. Algumas das garotas gritaram e correram, mas a general Jinjur fincou pé corajosamente e disse, em reprimenda:

– Ora, como é que é? Você atiraria numa pobre garota indefesa?

– Não – respondeu o soldado –, pois minha arma não está carregada.

– Não está carregada?

– Não, para evitar acidentes. E esqueci onde escondi a pólvora e as balas para carregá-la. Mas se esperar um pouco, vou tentar achá-las.

– Não se dê ao trabalho – disse Jinjur, alegre. Então, virou-se para seu exército e gritou: – Garotas, a arma não está carregada!

– Viva! – gritaram as rebeldes, encantadas com a boa notícia, e correram para cima do Soldado dos Bigodes Verdes, uma multidão, que causou espanto não terem enfiado as agulhas de tricô umas nas outras.

Mas o Exército Real de Oz tinha medo demais de mulheres para enfrentar o ataque. Ele simplesmente se virou e correu com toda a sua força pelo portão, na direção do palácio real, enquanto a general Jinjur e sua turba tomavam a cidade desprotegida.

Dessa forma, a Cidade das Esmeraldas foi capturada, sem uma gota de sangue derramada. O Exército da Revolta tinha se tornado um Exército de Conquistadoras!

O ESPANTALHO
PLANEJA UMA FUGA

Tip se separou das garotas e seguiu rapidamente atrás do Soldado dos Bigodes Verdes. O exército invasor entrou na cidade mais lentamente, pois parava para arrancar esmeraldas das paredes e dos paralelepípedos com as pontas de suas agulhas de tricô. Então, o Soldado e o garoto chegaram ao palácio antes de espalhar-se a notícia de que a cidade tinha sido conquistada.

O Espantalho e Jack Cabeça de Abóbora ainda estavam jogando *koite* no pátio quando a partida foi interrompida pela entrada abrupta do Exército Real de Oz, que chegou voando sem chapéu nem arma, as roupas amarfanhadas e sua longa barba flutuando um metro atrás conforme ele corria.

– Conte algo para mim – disse o Espantalho, calmamente. – O que aconteceu, homem? – acrescentou olhando para o Soldado.

– Ah! Vossa Majestade... Vossa Majestade! A cidade foi conquistada! – gaguejou o Exército Real, todo sem fôlego.

– Isso é bem repentino – reagiu o Espantalho. – Mas, por favor, vá e barrique todas as portas e janelas do palácio, enquanto eu mostro a esse Cabeça de Abóbora como jogar um *koite*.

O Soldado correu para fazer isso enquanto Tip, que tinha chegado logo atrás, continuava no pátio olhando para o Espantalho com surpresa.

Sua Majestade continuou jogando os *koites* tão tranquilamente como se não houvesse perigo ameaçando seu trono, mas o Cabeça de Abóbora, tendo visto Tip, foi na direção dele o mais rápido que suas pernas permitiam.

– Boa tarde, nobre pai! – gritou, encantado. – Fico feliz em vê-lo aqui. Aquele terrível Cavalete fugiu comigo.

– Suspeitei – disse Tip. – Você se machucou? Tem algo quebrado?

– Não, cheguei em segurança – respondeu Jack –, e Sua Majestade foi muito bom comigo.

Nesse momento, o Soldado dos Bigodes Verdes voltou, e o Espantalho perguntou:

– Aliás, quem me conquistou?

– Um regimento de garotas reunidas dos quatro cantos da Terra de Oz – respondeu o Soldado, ainda pálido de medo.

– Mas onde estava meu Exército Permanente? – inquiriu Sua Majestade, olhando sério para o soldado.

– Seu Exército Permanente estava fugindo – respondeu o camarada com sinceridade –, pois homem nenhum é capaz de enfrentar as armas terríveis das invasoras.

– Bem – disse o Espantalho, após pensar por um momento –, não me importo muito com a perda de meu trono, pois é um trabalho cansativo governar a Cidade das Esmeraldas. E esta coroa é tão pesada que faz minha cabeça doer. Mas espero que as Conquistadoras não tenham intenção de me machucar só porque por acaso eu sou o rei.

– Eu ouvi-as dizer – falou Tip, com alguma hesitação – que pretendem fazer um pano de chão com sua parte de fora e encher suas almofadas com sua parte de dentro.

– Então, estou mesmo correndo perigo – declarou Sua Majestade – e seria sábio de minha parte considerar um meio de escapar.

– Para onde pode ir? – perguntou Jack Cabeça de Abóbora.

– Bem, para meu amigo Homem de Lata, que governa os winkies e se denomina Imperador deles – foi a resposta. – Tenho certeza de que ele me protegerá.

Tip estava olhando pela janela.

– O palácio está cercado pelo inimigo – disse ele. – É tarde demais para escapar. Elas logo vão fazê-lo em pedacinhos.

O Espantalho suspirou

– Numa emergência – anunciou –, sempre é bom parar e refletir. Com licença enquanto paro e reflito.

– Mas também estamos correndo perigo – disse o Cabeça de Abóbora, ansioso. – Se alguma dessas garotas entender de cozinha, meu fim está próximo!

– Bobagem! – exclamou o Espantalho. – Elas estão ocupadas demais para cozinhar, mesmo que saibam fazê-lo.

– Mas se eu ficar prisioneiro por algum tempo – protestou Jack –, posso estragar.

– Ah! Então, não é bom conviver com você – devolveu o Espantalho. – A questão é mais séria do que eu suspeitava.

– Você – disse o Cabeça de Abóbora, melancólico – provavelmente viverá por muitos anos. Minha vida é necessariamente curta. Então, preciso aproveitar os dias que me restam.

– Calma, calma. Não se preocupe – respondeu o Espantalho, ternamente. – Se ficarem quietos o bastante para eu pensar, vou tentar achar alguma forma de todos nós escaparmos.

Então, os outros esperaram pacientemente em silêncio enquanto o Espantalho caminhou até um canto e ficou virado para a parede por uns bons cinco minutos. Ao fim desse tempo, ele os encarou com uma expressão mais alegre em seu rosto pintado.

– Onde está o Cavalete em que você chegou aqui? – perguntou ele ao Cabeça de Abóbora.

– Bem, eu disse que ele era uma joia, então seu homem o trancou no tesouro real – disse Jack.

– Foi o único lugar em que consegui pensar, Vossa Majestade – completou o Soldado, temendo ter dado uma mancada.

– Isso me agrada muito – disse o Espantalho. – O animal foi alimentado?

– Ah, sim; eu lhe dei uma boa pilha de serragem.

– Excelente! – gritou o Espantalho. – Traga o cavalo imediatamente aqui.

O Soldado se apressou, e logo eles ouviram o barulho das pernas de madeira do cavalo na calçada enquanto ele era levado para o pátio.

Sua Majestade olhou-o de forma crítica.

– Ele não parece especialmente gracioso – comentou, refletindo –, mas imagino que consiga correr!

– Consegue, sim – confirmou Tip, olhando com admiração para o Cavalete.

– Então, levando-nos nas costas, ele deve passar pelas fileiras de rebeldes e nos levar até meu amigo Homem de Lata – anunciou o Espantalho.

– Ele não consegue carregar quatro! – opôs-se Tip.

– Não, mas pode ser convencido a carregar três – disse Sua Majestade. – Portanto, deixarei meu Exército Real para trás. Pois, pela facilidade com que ele foi conquistado, tenho pouca confiança em seus poderes.

– Bem, ele ainda pode correr – declarou Tip, rindo.

– Eu esperava esse golpe – disse o Soldado, de mau humor –, mas posso aguentar. Vou disfarçar-me cortando meus adoráveis bigodes verdes. E, afinal, não é mais perigoso enfrentar essas garotas imprudentes do que montar nesse cavalo de madeira impetuoso e indomado!

– Talvez tenha razão – observou Sua Majestade. – Mas, de minha parte, não sendo soldado, gosto muito do perigo. Agora, garoto, você deve montar primeiro. E, por favor, sente-se o mais perto possível do pescoço do cavalo.

Tip subiu e tomou rápido seu lugar, e o Soldado e o Espantalho conseguiram colocar o Cabeça de Abóbora sentado bem atrás dele. Sobrou tão pouco espaço para o rei que ele podia cair assim que o cavalo começasse a andar.

– Pegue um cordão de varal de roupas – instruiu o rei ao seu exército – e amarre-nos uns aos outros. Assim, se um cair, todos cairão.

E, enquanto o Soldado ia buscar o varal, Sua Majestade continuou:

– Para mim, é melhor tomar cuidado, pois minha própria existência está em risco.

– Tenho que tomar tanto cuidado quanto você – falou Jack.

– Não exatamente – respondeu o Espantalho –, pois, se algo me acontecer, seria meu fim. Mas se algo acontecer a você, elas podem usá-lo como semente.

O Soldado voltou com uma longa corda e amarrou os três firmemente, prendendo-os também ao corpo do Cavalo; assim, parecia haver pouco perigo de tombar.

– Agora, abra os portões – ordenou o Espantalho – e vamos precipitar-nos para a liberdade ou para a morte.

O pátio em que estavam localizava-se no centro do grande palácio, que o rodeava por todos os lados. Mas em um lugar uma passagem levava a um portão externo, que o Soldado havia barricado por ordem de seu soberano. Foi por esse portão que Sua Majestade propôs escapar, e o Exército Real levou o Cavalete pela passagem e tirou as barricadas do portão, que se abriu para trás com um estrondo alto.

— Agora — disse Tip ao cavalo —, você precisa nos salvar. Corra o mais rápido que puder para o portão da cidade e não deixe nada pará-lo.

— Tudo bem! — respondeu o Cavalete, grosseiro, e se lançou tão de repente que Tip prendeu a respiração e se segurou firme na estaca que tinha fixado no pescoço da criatura.

Várias das garotas que estavam em frente guardando o palácio foram derrubadas pela corrida louca do Cavalete. Outras saíram da frente correndo e gritando, e só uma ou duas enfiou sua agulha de tricô freneticamente nos prisioneiros que escapavam. Tip levou uma picada no braço esquerdo, que ardeu por uma hora; mas as agulhas não tinham efeito no Espantalho nem em Jack Cabeça de Abóbora, que nunca nem suspeitou ter sido cutucado.

Quanto ao Cavalete, fez um belo recorde virando uma carroça de frutas, passando por cima de vários homens que pareciam dóceis e, por fim, derrubando a nova Guardiã do Portão — uma mulherzinha gorda e agitada, nomeada pela general Jinjur.

E o impetuoso corcel não parou por aí. Uma vez fora dos muros da Cidade das Esmeraldas, ele correu pela estrada para o oeste em saltos violentos e rápidos que tiraram o fôlego do garoto e maravilharam o Espantalho.

Jack já tinha passado por essa corrida maluca antes, então fez todo esforço para segurar com as duas mãos sua cabeça de abóbora, enquanto nesse meio-tempo aguentava os terríveis solavancos com a coragem de um filósofo.

— Faça-o ir mais devagar! Faça-o ir mais devagar! — berrou o Espantalho. — Minha palha está caindo pelas minhas pernas!

Mas Tip não tinha fôlego para falar, então o Cavalete continuou sua carreira desabalada sem ser controlado e com a mesma velocidade.

Logo chegaram à margem de um rio amplo e, sem pausa, o corcel de madeira deu um salto final e os lançou todos no ar.

Um segundo depois, estavam rolando, debatendo-se e boiando na água, com o cavalo tentando freneticamente encontrar um descanso para seus pés e os cavaleiros sendo jogados de cabeça na correnteza e flutuando para a superfície como rolhas.

A JORNADA ATÉ O HOMEM DE LATA

Tip estava encharcado e pingando de todos os ângulos de seu corpo. Mas conseguiu inclinar-se para a frente e berrar no ouvido do Cavalete:

– Fique parado, seu tonto! Fique parado!

O cavalo imediatamente parou de se debater e flutuou calmamente para a superfície, seu corpo de madeira flutuante como uma jangada.

– O que significa essa palavra, "tonto"? – quis saber o cavalo.

– É um termo de repreenda – respondeu Tip, um pouco envergonhado da expressão. – Só uso quando estou bravo.

– Então, fico feliz em poder chamá-lo de tonto em troca – disse o cavalo –, pois eu não criei o rio nem o coloquei no nosso caminho; então, só um termo de repreenda cabe para quem fica bravo comigo por cair na água.

– Isso é bem verdade – respondeu Tip –, por isso, vou admitir que estou errado. – Depois, ele chamou o Cabeça de Abóbora: – Você está bem, Jack?

Não houve resposta. Então, ele chamou o rei:
- Está bem, Vossa Majestade?
O Espantalho grunhiu.
- Por algum motivo, estou todo errado – disse ele, numa voz fraca.
- Esta água é muito molhada!

Tip estava amarrado tão firmemente à corda que não conseguia virar a cabeça para olhar seus companheiros; então, disse ao Cavalete:
- Reme com suas pernas para a margem.

O cavalo obedeceu e, embora o progresso fosse lento, finalmente chegaram à margem oposta do rio, num lugar baixo o bastante para permitir que a criatura escalasse até a terra firme.

Com alguma dificuldade, o garoto conseguiu tirar sua faca do bolso e cortar as cordas que amarravam um cavaleiro ao outro e ao cavalo de madeira. Ele ouviu o Espantalho cair no chão com um som flácido, e aí ele próprio desmontou rápido e olhou para seu amigo Jack.

O corpo de madeira, com sua linda roupa, ainda estava sentado reto nas costas do cavalo, mas a cabeça de abóbora tinha sumido e só a haste pontuda que servia de pescoço estava visível. Quanto ao Espantalho, a palha de seu corpo tinha descido com os solavancos e se amontoado nas pernas e na parte inferior do corpo dele – que parecia gorda e redonda, enquanto sua parte superior parecia um saco vazio. O Espantalho ainda usava sua coroa pesada, que tinha sido costurada para que ele não a perdesse; mas a cabeça estava tão úmida e molenga que o peso do ouro e das pedras preciosas tombou para a frente e amassou o rosto pintado numa massa de rugas que o deixava igualzinho a um pug, o cachorro japonês.

Tip teria dado risada, se não estivesse tão nervoso com Jack. Mas o Espantalho, apesar de danificado, estava todo ali, enquanto a cabeça de abóbora que era tão necessária à existência de Jack tinha sumido; então, o garoto pegou uma vara que felizmente estava à mão e ansiosamente voltou para o rio.

Bem longe nas águas, ele viu o tom dourado da abóbora, que boiava suavemente para cima e para baixo com o movimento das ondas. Naquele momento, estava bem fora do alcance de Tip, mas, depois de um tempo, flutuou mais e mais para perto, até o garoto conseguir alcançá-la com sua vara e puxá-la para a margem. Então, ele a colocou na margem, secou com cuidado a água com seu lenço, correu com ela até Jack e recolocou a cabeça no pescoço do homem.

– Puxa vida! – foram as primeiras palavras de Jack. – Que experiência terrível! Será que a água estraga abóboras?

Tip não achou necessário responder, pois sabia que o Espantalho também estava precisando de ajuda. Então, removeu com cuidado a palha do corpo e das pernas do rei e a espalhou ao sol para secar. A roupa molhada, pendurou por cima do corpo do Cavalete.

– Se a água estraga as abóboras – observou Jack, com um suspiro profundo –, meus dias estão contados.

– Nunca notei que a água estragasse abóboras – respondeu Tip –, a não ser que por acaso a água esteja fervendo. Se sua cabeça não está rachada, meu amigo, você deve estar em boas condições.

– Ah, minha cabeça não está nem um pouco rachada – declarou Jack, mais alegremente.

– Então, não se preocupe – retorquiu o garoto. – Preocupação dá cabelo branco.

– Então – disse Jack, sério – fico muito feliz por não ter cabelos.

O sol estava secando rápido as roupas deles, e Tip misturou a palha de Sua Majestade, para que os raios quentes absorvessem a umidade e as deixassem secas e frescas como sempre. Quando tinha conseguido isso, ele encheu o Espantalho, deixou-o em sua forma simétrica e suavizou o rosto, de modo que ele estivesse com sua expressão alegre e encantadora de sempre.

– Muito obrigado – falou o monarca, animado, enquanto caminhava e via que estava bem equilibrado. – Há várias e distintas vantagens em ser um espantalho. Pois, quando se tem amigos por perto para consertar os danos, nada muito sério pode lhe acontecer.

– Eu me pergunto se o sol quente pode rachar abóboras – disse Jack, com um tom ansioso na voz.

– De jeito nenhum, de jeito nenhum! – respondeu o Espantalho, alegre. – A única coisa que deve temer, meu garoto, é a idade. Quando sua juventude dourada entrar em decadência, vamos rapidamente nos separar. Mas você não precisa ficar esperando por isso; nós mesmos vamos descobrir o fato e notificá-lo. Mas venha! Vamos retomar nossa jornada. Estou ansioso para cumprimentar meu amigo Homem de Lata.

Então, montaram de novo no Cavalete, Tip segurando-se ao pau, o Cabeça de Abóbora agarrado em Tip, e o Cavalete com os dois braços em torno da forma de madeira de Jack.

– Vá devagar, pois agora não há perigo de perseguição – instruiu Tip ao cavalo.

– Tudo bem! – respondeu a criatura, numa voz rouca.

– Você não parece muito bem – comentou o Cabeça de Abóbora, com educação.

O Cavalete empinou, bravo, e rolou um olho de madeira para trás na direção de Tip.

– Olhe aqui – resmungou –, não pode evitar que eu seja insultado?

– Mas é claro! – respondeu Tip, acalmando-o. – Com certeza, Jack não quis ofender. E não devemos brigar, sabe; devemos todos continuar bons amigos.

– Não quero mais nada com esse Cabeça de Abóbora – declarou o Cavalete, feroz. – Ele perde a cabeça fácil demais para o meu gosto.

Não parecia haver resposta adequada a esse discurso, então, por alguns momentos, cavalgaram em silêncio.

Depois de um tempo, o Espantalho comentou:

– Isso me lembra os velhos tempos. Foi numa colina gramada que certa vez salvei Dorothy das abelhas negras da Bruxa Má do Oeste.

– Abelhas negras machucam abóboras? – perguntou Jack, olhando ao redor com medo.

– Estão todas mortas, então, não importa – respondeu o Espantalho. – E aqui foi que meu amigo Nick Lenhador destruiu os lobos cinzentos da Bruxa Má.

– Quem era Nick Lenhador? – quis saber Tip.

– É o nome do meu amigo Homem de Lata – esclareceu Sua Majestade. – E foi aqui que os macacos alados nos capturaram e amarraram, e depois fugiram com a pequena Dorothy – continuou ele, depois de terem viajado um pouco mais.

– Macacos alados comem abóboras? – perguntou Jack, com um tremor de medo.

– Não sei; mas não precisa se preocupar, pois os macacos alados agora são escravos de Glinda, a Boa, que está com o capuz dourado que comanda os serviços deles – explicou o Espantalho, reflexivo.

Então, o monarca empalhado se perdeu em pensamentos lembrando os tempos de aventuras passadas. E o Cavalete balançou e rolou por campos floridos, carregando seus cavaleiros agilmente na jornada.

* * *

O crepúsculo caiu aos poucos, e depois as sombras escuras da noite. Então, Tip parou o cavalo e todos desmontaram.

– Estou exausto – disse o garoto, cansado – e a grama é macia e fresca. Vamos deitar aqui e dormir até a manhã.

– Não consigo dormir – respondeu Jack.

– E eu nunca durmo – falou o Espantalho.

– Eu nem sei o que é dormir – disse o Cavalete.

– Ainda assim, precisamos ter consideração por esse pobre garoto, que é feito de carne, sangue e osso, e se cansa – sugeriu o Espantalho, com sua maneira atenciosa de sempre. – Lembro que era igual com a pequena Dorothy. Sempre precisávamos ficar sentados durante a noite enquanto ela dormia.

– Desculpe – falou Tip, dócil –, mas não consigo evitar. E também estou terrivelmente faminto!

– Eis um novo perigo! – comentou Jack, sombrio. – Espero que não goste muito de comer abóboras.

– Só se forem cozidas e transformadas em torta – respondeu o garoto, rindo. – Então, não tenha medo de mim, caro Jack.

– Que covarde é o Cabeça de Abóbora! – disse o Cavalete, desdenhando.

– Você também seria covarde se soubesse que um dia iria estragar! – retorquiu Jack, bravo.

– Calma, calma! – interrompeu o Espantalho. – Não vamos brigar. Todos temos nossos pontos fracos, caros amigos; então, precisamos nos esforçar para sermos gentis uns com os outros. E como este pobre garoto está com fome e não tem absolutamente nada para comer, vamos ficar quietos e deixá-lo dormir, pois se diz que, no sono, um mortal pode esquecer até a morte.

– Obrigado! – exclamou Tip, agradecido. – Vossa Majestade é tão bom quanto sábio, e isso é muita coisa!

Ele então se esticou na grama e, usando a forma estofada do Espantalho como travesseiro, logo pegou no sono.

UM IMPERADOR DE NÍQUEL

Tip acordou logo após o nascer do sol, mas o Espantalho já tinha se levantado e colhido, com seus dedos desajeitados, dois punhados de frutas vermelhas maduras de alguns arbustos próximos. O garoto comeu-as avidamente, considerando-as um ótimo café da manhã, e depois o pequeno grupo retomou sua jornada.

Depois de um percurso de uma hora, chegaram ao topo de um morro, de onde espiaram a Cidade dos Winkies e notaram os altos domos do palácio do imperador acima de grupos de habitações mais modestas.

O Espantalho ficou muito animado com essa visão e exclamou:

– Como ficarei feliz de ver novamente meu velho amigo Homem de Lata! Espero que ele governe seu povo com mais sucesso do que governei o meu!

– O Homem de Lata é imperador dos winkies? – perguntou o cavalo.

– Sim, de fato. Eles o convidaram para governá-los logo depois que a Bruxa Má foi destruída; e, como Nick Lenhador tem o melhor coração do mundo, sem dúvida provou ser um imperador excelente e capaz.

– Achei que "imperador" era o título de alguém que governa um império – disse Tip –, e o País dos Winkies é só um reino.

– Não mencione isso ao Homem de Lata! – exclamou o Espantalho, com sinceridade. – Você o magoaria muito. Ele é um homem orgulhoso, e tem toda razão de ser, e gosta de ser nomeado imperador, em vez de rei.

– Bem, para mim não faz diferença – respondeu o garoto.

O Cavalete agora avançava num passo tão rápido que seus cavaleiros tinham de se esforçar para ficar em cima dele; então, houve pouca conversa até chegarem aos degraus do palácio.

Um winkie envelhecido, vestido com um uniforme de tecido prateado, apresentou-se para ajudá-los a desmontar. O Espantalho disse a essa figura:

– Leve-nos imediatamente a seu mestre, o imperador.

O homem olhou envergonhado de um membro do grupo para o outro, antes de finalmente responder.

– Infelizmente, devo pedir que esperem por um tempo. O imperador não está recebendo nesta manhã.

– Como assim? – questionou o Espantalho, ansioso. – Espero que nada tenha acontecido a ele.

– Ah, não, nada sério – devolveu o homem. – Mas é o dia de Sua Majestade ser polida; e bem agora, nosso respeitável imperador está grossamente untado de cera de polir.

– Ah, entendo! – falou o Espantalho, mais reconfortado. – Meu amigo sempre teve a inclinação de ser um almofadinha, e acho que agora tem mais orgulho de sua aparência do que nunca.

– Tem, mesmo – confirmou o homem, com uma educada mesura. – Nosso poderoso imperador ultimamente se fez folhear de níquel.

– Minha nossa! – exclamou o Espantalho ao ouvir isso. – Se a mente dele estiver igualmente polida, ele deve estar brilhante! Mas leve-nos a ele; tenho certeza de que o imperador nos receberá, mesmo em seu presente estado.

– O estado do imperador sempre é magnífico – disse o homem. – Mas vou me aventurar a avisá-lo de sua chegada e receberei os comandos dele em relação aos senhores.

Assim, o grupo seguiu o servo até uma esplêndida antessala, e o Cavalete trotou desajeitado atrás dele, sem saber que se esperaria que um cavalo ficasse do lado de fora.

Os viajantes, no início, ficaram um pouco embasbacados com seus arredores, e até o Espantalho pareceu impressionado ao examinar os ricos tecidos prateados pendurados, amarrados em nós e presos com minúsculos machados de prata. Em cima de uma linda mesa de centro havia uma grande lata prateada de óleo, com ricas gravuras de cenas das aventuras passadas do Homem de Lata, Dorothy, Leão Covarde e Espantalho: as linhas da gravura eram traçadas em ouro amarelo em cima da prata. Nas paredes, estavam pendurados vários retratos, o do Espantalho parecendo o mais proeminente e cuidadosamente executado, enquanto uma grande pintura do famoso Mágico de Oz, apresentando um coração ao Homem de Lata, cobria quase todo um lado do cômodo.

Enquanto os visitantes olhavam essas coisas em silenciosa admiração, de repente ouviram uma voz alta na sala ao lado exclamando:

– Bem, bem, bem! Que grande surpresa!

E, então, a porta abriu-se com força e Nick Lenhador correu para o meio deles e agarrou o Espantalho num abraço apertado e amoroso que o deixou com muitas dobras e rugas.

– Meu velho e querido amigo! Meu nobre camarada! – gritou o Homem de Lata, com alegria. – Como estou feliz em vê-lo mais uma vez!

E então soltou o Espantalho e esticou os braços enquanto examinava os amados traços pintados.

Mas, lamentavelmente, o rosto do Espantalho e muitas partes de seu corpo estavam com grandes manchas de cera de polir, pois o Homem de Lata, em sua ânsia de receber o amigo, tinha esquecido da condição de sua higiene e transferido a camada grossa de pasta de seu corpo para o de seu camarada.

– Puxa vida! – disse o Espantalho, chateado. – Veja o meu estado!

– Deixe para lá, meu amigo – respondeu o Homem de Lata –, eu o mandarei a minha Lavanderia Imperial e você voltará novinho em folha.

– Não vou ficar deformado? – perguntou o Espantalho.

– De jeito nenhum – foi a resposta. – Mas diga, como Vossa Majestade chegou aqui? E quem são seus companheiros?

O Espantalho, com muita polidez, apresentou Tip e Jack Cabeça de Abóbora, e este último pareceu interessar muito ao Homem de Lata.

– Devo admitir, você não é muito substancial – disse o Imperador –, mas com certeza é incomum e, portanto, merecedor de tornar-se membro de nossa seleta sociedade.

– Agradeço a Vossa Majestade – respondeu Jack, humilde.

– Imagino que esteja com boa saúde? – continuou o Homem de Lata.

– No momento, sim – respondeu o Cabeça de Abóbora, com um suspiro –, mas vivo em constante terror do dia em que vou estragar.

– Que bobagem! – disse o imperador, mas num tom gentil e compassivo. – Eu lhe imploro, não tape o sol de hoje com a chuva de amanhã. Pois, antes de sua cabeça ter tempo de estragar, você pode enlatá-la e, assim, preservá-la indefinidamente.

Tip, durante essa conversa, estava olhando para o Homem de Lata com um deslumbramento mal disfarçado e notou que o célebre imperador dos winkies era composto inteiramente de pedaços de lata soldados e rebitados com cuidado na forma de um homem. Ele chacoalhava e fazia um pouco de barulho enquanto se movia, mas, no geral, parecia construído de uma forma muito sagaz, e sua aparência só era manchada pela grossa camada de pasta de polir que o cobria da cabeça aos pés.

O olhar atento do garoto fez com que o Homem de Lata lembrasse que não estava em sua condição mais apresentável, então, pediu licença aos amigos enquanto ia a seu cômodo privado para que seus servos o polissem. Isso foi feito num curto espaço de tempo e, quando o imperador voltou, seu corpo folheado de níquel brilhava de forma tão magnífica que o Espantalho o parabenizou vivamente pela melhora em sua aparência.

– Essa placa de níquel, confesso, foi uma ideia feliz – disse Nick – e mais do que necessária, porque eu tinha ficado meio arranhado durante minhas experiências aventureiras. Vocês podem observar essa estrela gravada em meu peito esquerdo. Ela não só indica onde está meu excelente coração, mas cobre muito bem o retalho feito pelo Maravilhoso Mágico quando colocou o órgão valioso no meu peito com suas próprias mãos habilidosas.

– Seu coração, então, é um órgão portátil? – perguntou o Cabeça de Abóbora, curioso.

– De forma alguma – respondeu o imperador, com dignidade. – Estou convencido de que é um coração tradicional, embora um pouco maior e mais quente do que o da maioria das pessoas.

Então, ele se virou para o Espantalho e perguntou:

– Seus súditos estão felizes e satisfeitos, querido amigo?

– Não sei dizer – foi a resposta –, pois as garotas de Oz se rebelaram e me expulsaram da Cidade das Esmeraldas.

– Minha nossa! – gritou o Homem de Lata. – Que calamidade! Elas certamente não estão reclamando de seu governo sábio e amável?

– Não, mas dizem que é um governo ruim, que não funciona para os dois lados – respondeu o Espantalho –, e essas mulheres também têm a opinião de que os homens estão governando a terra há tempo o bastante.

Então, capturaram minha cidade, roubaram o tesouro e todas as suas joias, e estão governando como querem.

– Minha nossa! Que ideia extraordinária! – berrou o imperador, ao mesmo tempo chocado e surpreso.

– E ouvi algumas delas dizerem – disse Tip – que pretendem marchar até aqui e capturar o castelo e a cidade do Homem de Lata.

– Ah! Não devemos dar-lhes tempo de fazer isso – falou o Imperador rapidamente –; vamos imediatamente recapturar a Cidade das Esmeraldas e colocar o Espantalho de novo em seu trono.

– Eu tinha certeza de que você ia me ajudar – comentou o Espantalho, numa voz satisfeita. – Você consegue reunir um exército de que tamanho?

– Não precisamos de um exército – respondeu o Homem de Lata. – Nós quatro, com a ajuda de meu machado brilhante, somos o suficiente para aterrorizar o coração das rebeldes.

– Nós cinco – corrigiu o Cabeça de Abóbora.

– Cinco? – repetiu o Homem de Lata.

– Sim; o Cavalete é bravo e destemido – respondeu Jack, esquecendo sua briga recente com o quadrúpede.

O Homem de Lata olhou a seu redor confuso, pois até agora o Cavalete tinha permanecido parado em silêncio num canto, onde o imperador não o tinha notado. Tip imediatamente chamou a criatura de aparência esquisita, que se aproximou tão desajeitada que quase derrubou a bela mesa de centro e a lata de óleo gravada.

– Começo a pensar – comentou o Homem de Lata enquanto olhava seriamente para o Cavalete – que as maravilhas nunca acabarão! Como essa criatura está viva?

– Fiz isso com um pó mágico – afirmou o garoto, modesto –, e o Cavalete nos foi muito útil.

– Ele nos permitiu escapar das rebeldes – completou o Espantalho.

– Então, com certeza devemos aceitá-lo como companheiro – declarou o imperador. – Um Cavalete vivo é uma novidade distinta, e se provará um estudo interessante. Ele sabe alguma coisa?

– Bem, não posso dizer que tenho muita experiência de vida – respondeu o Cavalete por si mesmo –, mas pareço aprender bem rápido, e muitas vezes me ocorre que sei mais do que aqueles ao meu redor.

– Talvez saiba – falou o imperador –, pois experiência nem sempre quer dizer sabedoria. Mas, agora, o tempo é precioso, então, vamos fazer logo as preparações para começar nossa jornada.

O imperador chamou seu Lorde Alto Chanceler e o instruiu sobre como cuidar do reino em sua ausência. Nesse meio-tempo, o Espantalho foi desmontado, e o saco pintado que lhe servia de cabeça foi cuidadosamente lavado e reestofado com o cérebro dado originalmente a ele pelo grande Mágico. Suas roupas também foram lavadas e passadas pelos alfaiates imperiais, e sua coroa foi polida e novamente costurada em sua cabeça, pois o Homem de Lata insistia que não devia renunciar a sua insígnia de realeza. O Espantalho, agora, estava muito respeitável e, embora não fosse de forma alguma viciado na vaidade, pavoneou-se um pouco ao andar. Enquanto isso estava sendo feito, Tip consertou os membros de madeira de Jack Cabeça de Abóbora e os deixou mais fortes do que antes, e o Cavalete também foi inspecionado para ver se ele estava em ordem.

Então, bem cedinho no dia seguinte, saíram para uma jornada de volta à Cidade das Esmeraldas, o Homem de Lata à frente, levando no ombro um machado brilhante, enquanto o Cabeça de Abóbora montava no Cavalete, e Tip e o Espantalho andavam um de cada lado para garantir que ele não caísse nem ficasse danificado.

SR. M. A. BESOURÃO, I. I.

Agora, a general Jinjur – que, você se lembrará, comandava o Exército da Revolta – ficou muito desconfortável com a fuga do Espantalho da Cidade das Esmeraldas. Ela temia, e com bons motivos, que se Sua Majestade e o Homem de Lata unissem forças, significaria perigo para ela e todo o seu exército; pois o povo de Oz ainda não tinha esquecido os feitos desses famosos heróis, que tinham passado com sucesso por tantas aventuras assustadoras.

Então, Jinjur mandou às pressas buscar Mombi, a bruxa, e prometeu a ela grandes recompensas se viesse para auxiliar o exército rebelde.

Mombi estava furiosa com o truque que Tip lhe dera, bem como com sua fuga e o roubo de seu precioso Pó da Vida; então, não precisava de convencimento para viajar à Cidade das Esmeraldas e ajudar Jinjur a derrotar o Espantalho e o Homem de Lata, que haviam ficado amigos de Tip.

Mal Mombi tinha chegado ao palácio real quando descobriu, por meio de sua mágica secreta, que os aventureiros estavam começando sua jornada à Cidade das Esmeraldas; então, retirou-se para uma pequena sala no alto da torre e se trancou ali enquanto praticava as artes de que era capaz para evitar a volta do Espantalho e de seus companheiros.

Foi por isso que o Homem de Lata logo parou e disse:

– Algo muito curioso aconteceu. Eu devia saber de cor cada passo desta jornada, mas temo que já tenhamos nos perdido.

– Isso é impossível! – protestou o Espantalho. – Por que acha, meu amigo, que nos desviamos?

– Bem, aqui diante de nós está um grande campo de girassóis, e nunca vi esse campo em toda a minha vida.

Com essas palavras, todos eles olharam em volta e descobriram que estavam de fato cercados por um campo de caules altos, cada um com um girassol gigantesco no topo. E não só essas flores eram quase ofuscantes em seus tons vívidos de vermelho e amarelo, mas cada uma girava em seu caule como um moinho em miniatura, atordoando completamente a visão de quem olhava e os confundindo tanto que eles não sabiam para que lado ir.

– É bruxaria! – exclamou Tip.

Enquanto pausavam, hesitando e se perguntando, o Homem de Lata soltou um grito de impaciência e avançou com seu machado balançando para cortar os caules diante de si. Mas os girassóis de repente pararam de girar com rapidez, e os viajantes viram claramente o rosto de uma garota aparecer no centro de cada flor.

Esses lindos rostos olhavam o grupo espantado com sorrisos irônicos e então explodiram num coro de risadas alegres com a consternação causada por seu aparecimento.

– Pare! Pare! – gritou Tip, agarrando o braço do Homem de Lata. – Estão vivas! São meninas!

Nesse momento, as flores começaram novamente a girar, e os rostos desapareceram em rápidas revoluções.

O Homem de Lata baixou o machado e sentou-se no chão.

— Seria cruel cortar essas lindas criaturas — disse, desanimado —, mas não sei de que outro jeito seguir nosso caminho.

— Elas se pareciam estranhamente com as garotas do Exército da Revolta — refletiu o Espantalho —, e alguém está nos enganando. Provavelmente, é só uma ilusão e nem há girassol algum aqui.

— Então, vamos fechar os olhos e seguir em frente — sugeriu o Homem de Lata.

— Com licença — respondeu o Espantalho. — Meus olhos não são pintados de forma que se possam fechar. Só porque você por acaso tem pálpebras de lata, não pode imaginar que somos todos iguais.

— E os olhos do Cavalete são nós de madeira — disse Jack, inclinando-se para examiná-los.

— De toda forma, você deve cavalgar rápido na frente — ordenou Tip —, e nós vamos seguir atrás e tentar escapar. Meus olhos já estão tão atordoados que mal consigo enxergar.

Então, o Cabeça de Abóbora foi corajosamente na frente, e Tip agarrou o cotoco de cauda do Cavalete e seguiu de olhos fechados. O Espantalho e o Homem de lata fechavam a retaguarda e, antes de terem andado muito, um grito alegre de Jack anunciou que o caminho adiante estava limpo.

Então, todos pararam para olhar para trás, mas não havia rastro do campo de girassóis.

Mais alegres, agora seguiram a jornada; mas a velha Mombi tinha mudado tanto a aparência da paisagem que certamente teriam se perdido se o Espantalho não tivesse concluído sabiamente a direção em que deviam ir com base no Sol. Pois bruxaria alguma era capaz de mudar o curso do Sol, e ele portanto era um guia seguro.

Havia, porém, outras dificuldades à frente. O Cavalete pisou num buraco de coelho e caiu no chão. O Cabeça de Abóbora foi lançado no ar, e sua história provavelmente teria terminado nesse exato momento se o Homem de Lata não tivesse habilmente pegado a abóbora que caía e impedido que ela se espatifasse.

Tip logo a encaixou de novo no pescoço e colocou Jack em pé. Mas o Cavalete não escapou tão fácil. Pois, quando sua perna foi puxada do buraco de coelho, viu-se que tinha quebrado e devia ser substituída ou consertada antes de ele poder dar mais um passo.

– Isso é bem grave – disse o Homem de Lata. – Se houvesse árvores por perto, eu podia fabricar rapidinho outra perna para este animal; mas não consigo ver nem um arbusto por quilômetros.

– E não há cercas nem casas nesta parte da Terra de Oz – completou o Espantalho, desconsolado.

– Então, o que vamos fazer? – inquiriu o garoto.

– Acho que devo colocar meu cérebro para funcionar – respondeu Sua Majestade, o Espantalho –, pois a experiência me provou que posso fazer qualquer coisa se tirar um tempo para pensar bem.

– Vamos todos pensar – disse Tip – e talvez encontremos uma forma de consertar o Cavalete.

Então, sentaram-se enfileirados na grama e começaram a pensar, enquanto o Cavalete se ocupava olhando curiosamente para seu membro quebrado.

– Está doendo? – perguntou o Homem de Lata numa voz suave, de empatia.

– Nem um pouco – respondeu o Cavalete –, mas meu orgulho está ferido de ver que minha anatomia é tão frágil.

Por um tempo, o pequeno grupo permaneceu em um silêncio pensativo. Logo, o Homem de Lata levantou a cabeça e olhou para os campos.

– Que tipo de criatura se aproxima de nós? – perguntou, admirado.

Os outros seguiram seu olhar e descobriram, vindo na direção deles, o objeto mais extraordinário que já tinha aparecido. Ele avançava rápido e sem fazer ruído pela grama macia, e em poucos minutos estava diante dos aventureiros, olhando-os com um espanto igual ao deles.

O Espantalho ficava calmo em todas as circunstâncias.

– Bom dia! – disse ele, educado.

O estranho tirou o chapéu com um floreio, fez uma mesura muito baixa e respondeu:

– Bom dia a todos. Espero que os senhores, como agremiação, estejam desfrutando de excelente saúde. Permitam que apresente meu cartão.

Com esse discurso cortês, ele estendeu um cartão para o Espantalho, que o aceitou, virou de um lado para o outro e entregou chacoalhando a mão para Tip.

O garoto leu em voz alta:

– Sr. M. A. Besourão, I. I.

– Minha nossa! – soltou o Cabeça de Abóbora, olhando um pouco fixamente.

– Mas que peculiar! – comentou o Homem de Lata.

Os olhos de Tip estava redondos e inquisidores, e o Cavalete soltou um suspiro e olhou para o outro lado.

– Você é mesmo um besourão? – inquiriu o Espantalho.

– Mas certamente, meu caro senhor – respondeu o estranho, vigorosamente. – Meu nome não está no cartão?

– Está – concordou o Espantalho. – Mas posso perguntar o que significa "M. A."?

– "M. A." significa Muitíssimo Aumentado – devolveu o Besourão, orgulhoso.

– Ah, entendo. – O Espantalho olhou criticamente para o estranho. – E você é mesmo muitíssimo aumentado?

– Senhor – falou o Besourão. – Entendo que seja um cavalheiro capaz de julgamento e discernimento. Não lhe ocorre que sou vários milhares de vezes maior do que qualquer inseto que já tenha visto antes? Portanto, é bastante evidente que sou Muitíssimo Aumentado, e não há motivo para duvidar desse fato.

– Perdão – desculpou-se o Espantalho. – Meu cérebro está meio bagunçado desde que fui lavado pela última vez. Seria inapropriado perguntar também o que significa "I. I." ao fim de seu nome?

– Essas letras expressam meu diploma – respondeu o Besourão, com um sorriso condescendente. – Para ser mais explícito, as iniciais querem dizer que sou Inteiramente Instruído.

– Ah! – falou o Espantalho, muito aliviado.

Tip ainda não tinha tirado os olhos daquele maravilhoso personagem. O que viu foi um corpo enorme, redondo, de inseto apoiado em duas pernas esguias que acabavam em pés delicados, com os dedos curvados para cima. O corpo de um Besourão era bem achatado e, a julgar pelo que se podia ver, de uma cor marrom-escura nas costas, enquanto a frente era listrada com faixas alternadas de marrom-claras e brancas, mesclando-se nas pontas. Seus braços eram tão esguios quanto as pernas e, em cima de um pescoço bem longo, estava empoleirada a cabeça – não muito diferente da de um homem, exceto que o nariz terminava numa antena curvada ou "sensor", e do ponto mais alto das orelhas saíam antenas que decoravam as laterais de sua cabeça como dois rabos de porco em miniatura, curvados. Deve-se admitir que os olhos redondos e pretos eram bastante esbugalhados, mas a expressão no rosto do Besourão não era de forma alguma desagradável.

Como roupa, o inseto usava um fraque azul-escuro com forro de seda amarela e uma flor na lapela; um colete de brim branco que se esticava apertado no corpo largo; calças curtas de pelúcia fulva, presas nos joelhos por fivelas douradas; e, no topo da pequena cabeça, uma vistosa cartola de seda.

Endireitando-se diante de nossos impressionados amigos, o Besourão parecia tão alto quanto o Homem de Lata; e certamente nenhum inseto em toda a Terra de Oz jamais atingira tamanho tão enorme.

– Confesso – disse o Espantalho – que sua aparição abrupta me causou surpresa e sem dúvida assustou meus companheiros. Espero, porém, que essa circunstância não o perturbe. Provavelmente, com o tempo nos acostumaremos.

– Não se desculpe, peço-lhe! – respondeu o Besourão, com sinceridade. – Tenho grande prazer em surpreender as pessoas, pois com certeza não posso ser classificado como inseto comum e tenho direito tanto à curiosidade quanto à admiração daqueles que conheço.

– Tem mesmo – concordou Sua Majestade.

– Se permitem que me sente em sua respeitável companhia – continuou o estranho –, ficarei feliz em contar minha história, para que possam compreender melhor minha aparência incomum... Ou devo dizer impressionante?

– Pode dizer o que preferir – respondeu o Homem de Lata, brevemente.

Então, o Besourão sentou-se na grama, de frente para o pequeno grupo de viajantes, e contou-lhes a seguinte história.

UMA HISTÓRIA MUITÍSSIMO AUMENTADA

— É honesto que eu reconheça, no início de meu recital, que nasci como um besouro comum — começou a criatura, num tom franco e amigável. — Sem saber fazer de outro jeito, usava tanto os braços quanto as pernas para andar, e rastejava para baixo das bordas de pedras ou me escondia entre as raízes das gramas sem pensar em nada que não achar alguns insetos menores para me alimentar.

As noites frias me deixavam duro e imóvel, pois eu não usava roupas, mas a cada manhã os raios quentes do sol me davam nova vida e eu voltava à ativa. É uma existência horrível, mas devem lembrar que é a existência regular dos insetos, assim como a de muitas outras minúsculas criaturas que habitam a Terra.

Mas o destino me escolheu, por mais humilde que eu fosse, para uma sorte maior! Um dia, rastejei perto de uma escola do interior e, com minha curiosidade atiçada pelo zunido monótono dos alunos lá dentro, ousei entrar e me escondi entre duas tábuas até chegar ao fim, onde, na frente de uma lareira com brasas brilhantes, sentava-se o mestre à sua mesa.

Ninguém notou uma criatura tão pequena quanto um besouro e, quando vi que a lareira era ainda mais quente e confortável do que o sol, decidi estabelecer meu futuro lar ao lado dela. Então, achei um ninho charmoso entre dois tijolos e me escondi ali por muitos, muitos meses.

O professor Nowitall é, sem dúvida, o acadêmico mais famoso da Terra de Oz, e depois de alguns dias comecei a ouvir as palestras e os discursos que proferia a seus pupilos. Nenhum deles era mais atento que o humilde, desapercebido besouro, e dessa forma adquiri um fundo de conhecimento que eu mesmo confesso ser simplesmente maravilhoso. É por isso que coloco "I. I.", Inteiramente Instruído, em meus cartões; pois meu maior orgulho está no fato de que o mundo não é capaz de produzir outro Besourão com um décimo de minha cultura e erudição.

– Não o culpo – disse o Espantalho. – Instrução é algo de que se deve ter orgulho. Eu mesmo sou instruído. O cérebro que me foi dado pelo Maravilhoso Mágico é considerado incomparável por meus amigos.

– Mesmo assim – interrompeu o Homem de Lata –, acho que um bom coração é mais desejável que educação ou cérebro.

– Para mim – disse o Cavalete –, uma boa perna é mais desejável que ambos.

– Seria possível pensar em sementes como cérebro? – inquiriu o Cabeça de Abóbora, abruptamente.

– Fique quieto! – ordenou Tip, sério.

– Sim, senhor, querido pai – respondeu o obediente Jack.

O Besourão ouviu pacientemente – até respeitosamente – esses comentários e, então, continuou sua história.

– Devo ter vivido três anos inteiros naquela lareira isolada da escola – disse ele –, bebendo avidamente da fonte inesgotável de conhecimento límpido diante de mim.

– Que poético – comentou o Espantalho, assentindo em aprovação.

– Mas um dia – continuou o inseto – ocorreu uma circunstância maravilhosa que alterou minha existência e me trouxe ao atual ápice de grande. O professor me descobriu enquanto rastejava pela lareira e, antes de eu poder escapar, pegou-me entre o dedão e o indicador.

"Meus queridos alunos", disse ele, "capturei um besouro – um espécime muito raro e interessante. Algum de vocês sabe o que é um besouro?"

"Não!", gritaram os alunos, em coro.

"Então", disse o professor, "vou pegar minha famosa lupa e jogar o inseto numa tela numa condição muitíssimo aumentada, para que possam estudar cuidadosamente sua construção peculiar e familiarizar-se com seus hábitos e forma de vida."

Ele então pegou um instrumento curiosíssimo de um armário e, antes de eu poder perceber o que tinha acontecido, estava numa tela num estado muitíssimo aumentado, como agora me encontram os senhores.

Os alunos subiram em seus banquinhos e esticaram o pescoço para a frente para me ver melhor, e duas garotinhas pularam no parapeito de uma janela aberta para enxergar sem obstáculos.

"Vejam!", gritou o professor, bem alto, "esse besouro muitíssimo aumentado, um dos insetos mais curiosos do mundo!".

Sendo Inteiramente Instruído e sabendo o que se exige de um cavalheiro culto, nesse ponto, fiquei de pé e, colocando a mão no peito, fiz uma mesura muito polida. Minha ação inesperada deve tê-los assustado, pois uma das garotinhas empoleiradas no parapeito deu um grito e caiu de costas pela janela, levando consigo a companheira na hora que desapareceu.

O professor soltou um grito de horror e correu porta afora para ver se as pobres crianças tinham se machucado na queda. Os alunos o seguiram numa turba enlouquecida, e fiquei sozinho na classe, ainda num estado muitíssimo aumentado e livre para fazer o que quisesse.

De imediato, me ocorreu que era uma boa oportunidade de escapar. Eu estava orgulhoso de meu tamanho e percebi que agora podia viajar com segurança por todo o mundo, enquanto minha cultura superior me tornaria companhia adequada para a pessoa mais culta que eu por acaso encontrasse.

Então, enquanto o professor pegava as garotinhas – que estavam mais assustadas do que machucadas – e os alunos se agrupavam ao redor dele, saí calmamente da escola, virei a esquina e escapei sem ser notado até um pomar próximo.

– Maravilhoso! – exclamou o Cabeça de Abóbora, admirado.

– Foi mesmo – concordou o Besourão. – Nunca deixei de me parabenizar por escapar enquanto estava Muitíssimo Aumentado; pois até meu conhecimento excessivo teria se provado de pouco uso se eu continuasse sendo um inseto minúsculo e insignificante.

– Eu não sabia – disse Tip, olhando confuso para o Besourão – que insetos usavam roupa.

– E não usam, em seu estado natural – devolveu o estranho. – Mas, durante minhas andanças, tive a sorte de salvar a sétima vida de um alfaiate. Pois os alfaiates, como os gatos, têm sete vidas, como vocês provavelmente sabem. O camarada ficou incrivelmente grato, pois se tivesse perdido aquela sétima vida teria sido seu fim; então, implorou permissão de me fornecer a estilosa roupa que agora uso. Cai muito bem, não? – E o Besourão levantou-se e virou lentamente, para todos poderem examiná-lo.

– Ele devia ser um bom alfaiate – comentou o Espantalho, com um pouco de inveja.

– De toda forma, era um alfaiate de bom coração – observou Nick Lenhador.

– Mas aonde estava indo quando nos encontrou? – perguntou Tip ao Besourão.

– A nenhum lugar em particular – foi a resposta –, embora minha intenção seja em breve visitar a Cidade das Esmeraldas e dar uma série de palestras a seletas audiências sobre "As vantagens da magnificação".

– Estamos indo para a Cidade das Esmeraldas agora – disse o Homem de Lata –, então, se quiser viajar em nossa companhia, será bem-vindo.

O Besourão fez uma mesura com muita graça.

– Vai dar-me grande prazer – disse ele – aceitar seu gentil convite; pois em nenhum lugar da Terra de Oz eu poderia encontrar companhia mais agradável.

– Isso é verdade – reconheceu o Cabeça de Abóbora. – Somos agradáveis como moscas e mel.

– Mas... perdoem-me se pareço inquisidor... os senhores não são... arrã... bem incomuns? – perguntou o Besourão, olhando de um para outro sem disfarçar seu interesse.

– Não mais do que você – respondeu o Espantalho. – Tudo na vida é incomum, até você se acostumar.

– Que rara filosofia! – exclamou o Besourão, admirado.

– Sim, meu cérebro está funcionando bem hoje – admitiu o Espantalho, com um toque de orgulho na voz.

– Então, se estiverem suficientemente descansados e renovados, vamos nos endireitar na direção da Cidade das Esmeraldas – sugeriu a criatura ampliada.

– Não podemos – explicou Tip. – O Cavalete quebrou uma perna, então não pode se endireitar. E não tem madeira por aqui para fazer um novo membro. E não podemos deixar o cavalo para trás porque o Cabeça de Abóbora tem as juntas tão duras que precisa ir montado.

– Que azar! – gritou o Besourão. – Então, analisou com cuidado o grupo e disse: – Se o Cabeça de Abóbora vai montado, por que não usar uma das pernas dele para fazer uma perna para o cavalo que o carrega? Julgo que ambas sejam feitas de madeiras.

– Puxa, isso é o que chamo de inteligência de verdade – comentou o Espantalho em aprovação. – Eu me pergunto por que meu cérebro não pensou nisso antes! Ao trabalho, meu caro Nick, e encaixe a perna do Cabeça de Abóbora no Cavalete.

Jack não gostou especialmente dessa ideia, mas se submeteu a ter a perna amputada pelo Homem de Lata e cortada para ficar do tamanho da perna do Cavalete. O Cavalete também não gostou muito da operação, pois reclamou bastante de ser "retalhado", como chamou, e depois declarou que a nova perna era uma humilhação para um Cavalete respeitável.

– Rogo que seja mais cuidadoso em seu discurso – disse o Cabeça de Abóbora, bruscamente. – Lembre, por favor, que é de minha perna que está falando.

– Não posso esquecer – retorquiu o Cavalete –, pois é tão bamba quanto o resto de sua pessoa.

– Bamba! Eu, bambo! – berrou Jack, irado. – Como ousa chamar-me de bambo?

– Porque você é construído igual a um joão-bobo – desdenhou o cavalo, rolando seus olhos de madeira de forma cruel. – Nem sua cabeça fica reta, e nunca dá para saber se você está olhando para a frente ou para trás!

– Amigos, peço que não briguem! – rogou o Homem de Lata, ansioso. – Por sinal, nenhum de nós está acima de críticas, então, vamos suportar os defeitos uns dos outros.

– Uma excelente sugestão – disse o Besourão, com aprovação. – O senhor deve ter um excelente coração, meu amigo metálico.

– Eu tenho – respondeu Nick, satisfeito. – Meu coração é minha melhor parte. Mas, agora, vamos começar nossa jornada.

Eles equilibraram o Cabeça de Abóbora de uma perna só em cima do Cavalete e o amarraram no assento com cordas, para que ele não caísse.

E então, seguindo o Espantalho, todos avançaram na direção da Cidade das Esmeraldas.

A VELHA MOMBI
FAZ SUAS BRUXARIAS

Logo descobriram que o Cavalete mancava, pois sua nova perna era um tantinho longa demais. Então, foram obrigados a parar enquanto o Homem de Lata a cortava com seu machado, e depois disso o corcel de madeira trotou mais confortavelmente. Mesmo assim, o Cavalete não estava inteiramente satisfeito.

– Foi uma pena eu ter quebrado minha outra perna! – resmungou.

– Pois é – comentou o Besourão, que caminhava ao lado –, a gente só dá valor às coisas depois de elas partirem.

– Perdão – falou Tip, irritado, pois sentia afeto tanto pelo Cavalete quanto por seu homem Jack –, mas permita-me dizer que sua piada é ruim, além de batida.

– Ainda assim é uma piada – declarou o Besourão, firmemente –, e uma piada derivada de um trocadilho é considerada eminentemente adequada entre pessoas cultas.

– O que isso quer dizer? – perguntou o Cabeça de Abóbora, estupidamente.

– Quer dizer, meu caro amigo – explicou o Besourão –, que nosso idioma contém muitas palavras com duplo sentido; e que pronunciar uma piada que permite os dois significados de certa palavra prova que o piadista é alguém de cultura e refinamento que, além disso, tem total domínio da língua.

– Não acredito nisso – falou Tip, sem rodeios. – Qualquer um pode fazer um trocadilho.

– Não é verdade – continuou o Besourão, tenso. – É preciso educação de alta ordem. O senhor é instruído?

– Não especialmente – admitiu Tip.

– Então, não pode julgar a questão. Eu mesmo sou Inteiramente Instruído e digo que trocadilhos mostram inteligência. Por exemplo, se eu montasse nesse Cavalete, eu seria um *cavalheiro*.

Ouvindo isso, o Espantalho engasgou, e o Homem de Lata lançou um olhar repreendedor para o Besourão. Ao mesmo tempo, o Cavalete bufou seu desdém; e até o Cabeça de Abóbora colocou a mão para esconder o sorriso que, como era entalhado em seu rosto, ele não conseguia transformar em carranca.

Mas o Besourão trotou em frente como se tivesse feito algum comentário brilhante, e o Espantalho se viu obrigado a dizer:

– Já ouvi falar, meu caro amigo, que é possível se tornar instruído em excesso; e embora eu tenha muito respeito por cérebros, não importa como estejam arranjados ou classificados, começo a suspeitar que o seu está ligeiramente emaranhado. Em todo caso, devo pedir que segure sua educação superior enquanto estiver em nossa companhia.

– Não somos muito exigentes – completou o Homem de Lata –, e somos incrivelmente gentis. Mas se sua cultura superior vazar de novo...
– ele não completou a frase, mas girou o machado brilhante com tanto descuido que o Besourão pareceu assustado e se encolheu a uma distância segura. Os outros marcharam em silêncio, e o Muitíssimo Aumentado, após pensar por um período, disse em voz humilde:

– Vou tentar me segurar.

– É só o que podemos pedir – retorquiu o Espantalho agradavelmente; e com o bom ambiente restaurado no grupo, prosseguiram em seu caminho.

Quando pararam de novo para Tip descansar – já que o garoto era o único que parecia exaurir-se –, o Homem de Lata notou vários buraquinhos redondos no campo gramado.

– Deve ser uma aldeia dos ratos do campo – disse ele ao Espantalho. – Será que minha velha amiga Rainha dos Ratos está por aqui?

– Se estiver, pode nos ajudar muito – respondeu o Espantalho, impressionado por um pensamento repentino. – Veja se consegue chamá-la, meu caro Nick.

Então, o Homem de Lata soprou uma nota aguda num apito prateado pendurado em seu pescoço, e logo uma ratinha cinza pulou de um buraco próximo e avançou sem medo na direção deles. Como o Homem de Lata certa vez salvara a vida dela, a Rainha dos Ratos sabia que podia confiar nele.

– Bom dia, Vossa Majestade – disse Nick, dirigindo-se educadamente à rata –, imagino que esteja desfrutando de boa saúde?

– Obrigada, estou bastante bem – respondeu a rainha, recatada, enquanto ela sentava-se e mostrava a minúscula coroa dourada na cabeça. – Posso ajudar meus velhos amigos de alguma forma?

– Na verdade, sim – respondeu imediatamente o Espantalho. – Deixe-me, por favor, levar uma dúzia de seus súditos comigo à Cidade das Esmeraldas.

– Eles podem se machucar acidentalmente? – perguntou a rainha, duvidosa.

– Acredito que não – respondeu o Espantalho. – Eu os carregarei escondidos na palha que enche meu corpo e, quando eu der o sinal desabotoando minha jaqueta, eles só precisam correr e voltar para casa o mais rápido que puderem. Fazendo isso, vão me ajudar a recuperar meu trono, que o Exército da Revolta me tirou.

– Nesse caso – disse a rainha –, não vou recusar seu pedido. Quando estiver pronto, chamarei doze de meus súditos mais inteligentes.

– Estou pronto agora – respondeu o Espantalho. Então, deitou no chão e abriu a jaqueta, mostrando a massa de palha com que era preenchido.

A rainha soltou um assovio de chamada, e num instante uma dúzia de belos ratos do campo emergiram dos buracos e se postaram diante de sua governante, esperando as ordens dela.

O que a rainha disse a eles, nenhum de nossos viajantes pôde entender, pois era no idioma dos ratos; mas os animais obedeceram sem hesitação, correndo um atrás do outro para o Espantalho e se escondendo na palha do peito dele.

Quando todos os doze ratos tinham se escondido, o Espantalho abotoou a jaqueta com segurança, levantou-se e agradeceu à rainha por sua bondade.

– Tem mais uma coisa que pode fazer por nós – sugeriu o Homem de Lata –, que é correr na frente e nos mostrar o caminho até a Cidade das Esmeraldas. Pois evidentemente há um inimigo tentando nos impedir de chegar lá.

– Farei isso com alegria – respondeu a rainha. – Estão prontos?

O Homem de Lata olhou para Tip.

– Estou descansado – falou o menino. – Vamos começar.

Então, retomaram sua jornada, a pequena Rainha dos Ratos do Campo correndo ágil na frente e pausando até os viajantes se aproximarem, quando então corria de novo.

Sem essa guia certeira, o Espantalho e seus companheiros talvez nunca tivessem chegado à Cidade das Esmeraldas, pois eram muitos os obstáculos em seu caminho criados pelas artes de Mombi. Mas nenhum dos obstáculos existia de fato – todos eram ilusões espertamente encenadas.

Pois quando chegaram às margens de um rio que ameaçava barrar seu caminho, a pequena rainha seguiu firme em frente, passando pela aparente cheia em segurança, e nossos amigos a seguiram sem encontrar uma única gota de água.

Então, um alto muro de granito levantou-se acima da cabeça deles e impediu o avanço. Mas a rata do campo cinzenta o atravessou direto, e os outros fizeram o mesmo, com o muro virando névoa enquanto eles passavam.

Depois, quando tinham parado por um momento para que Tip descansasse, viram quarenta estradas se ramificando de seus pés em quarenta direções diferentes, e logo essas quarenta estradas começaram a girar como uma poderosa roda, primeiro numa direção e depois na outra, atordoando completamente sua visão. Mas a rainha chamou para que eles a seguissem e foi numa linha reta; e quando deram alguns passos, os caminhos que giravam desapareceram e não foram mais vistos.

O último truque de Mombi era o mais temerário de todos. Ela colocou uma fogueira de chamas crepitantes no campo para consumi-los; e pela primeira vez o Espantalho teve medo e virou-se para fugir.

– Se esse fogo me alcançar, vou desaparecer num instante! – disse ele, tremendo até suas palhas balançarem. – É a coisa mais perigosa que já encontrei.

– Eu também vou! – gritou o Cavalete, virando-se e trotando com agitação. – Minha madeira é tão seca que queimaria como lenha.

– O fogo é perigoso para abóboras? – perguntou Jack, temeroso.

– Você vai ficar assado como uma torta, e eu também! – respondeu o Besourão, ficando de quatro para poder correr mais rápido.

Mas o Homem de Lata, que não tinha medo do fogo, evitou a disparada com algumas palavras de bom senso.

– Olhem a Rata do Campo! – gritou ele. – O fogo não a queima em nada. Aliás, nem é fogo, é só uma ilusão.

De fato, a visão da pequena rainha marchando calmamente por entre as chamas restaurou a coragem em cada membro do grupo, e eles a seguiram sem nem se chamuscar.

– Certamente, é uma aventura das mais extraordinárias – disse o Besourão, pois vai contra todas as leis naturais que ouvi o professor Nowitall ensinar na escola.

– É claro que vai – disse o Espantalho, sábio. – Toda mágica é não natural, por isso é que se deve temê-la e evitá-la. Mas vejo diante de nós os portões da Cidade das Esmeraldas, então, imagino que agora tenhamos superado todos os obstáculos mágicos que pareciam nos barrar.

De fato, as muralhas da cidade estavam claramente visíveis, e a Rainha dos Ratos do Campo, que os tinha guiado tão fielmente, aproximou-se para se despedir.

– Somos todos muito gratos a Vossa Majestade por seu auxílio – disse o Homem de Lata, com uma mesura diante da linda criatura.

– Sempre fico feliz em ajudar meus amigos – respondeu a rainha, e num instante correu para começar sua jornada para casa.

OS PRISIONEIROS DA RAINHA

Aproximando-se do portão da Cidade das Esmeraldas, os viajantes o viram guardado por duas garotas do Exército da Revolta, que barraram sua entrada empunhando as agulhas de tricô e ameaçando cutucar o primeiro que chegasse perto.

Mas o Homem de Lata não tinha medo.

– No máximo, vão arranhar meu belo folheado de níquel – disse ele. – Mas não vai haver "no máximo", pois acho que consigo assustar essas soldadas absurdas com muita facilidade. Sigam-me de perto, todos vocês!

Então, balançando seu machado num círculo amplo à direita e à esquerda, ele avançou sobre o portão, e os outros o seguiram sem hesitar. As garotas, que não esperavam qualquer resistência, ficaram horrorizadas com o machado brilhante sendo brandido e fugiram gritando para a cidade; assim, nossos viajantes passaram pelo portão em segurança e marcharam pela calçada de mármore verde da ampla rua na direção do palácio real.

– Nesse ritmo, logo vamos ter de volta o trono de Vossa Majestade – disse o Homem de Lata, rindo da facilidade da conquista das guardas.

– Obrigado, amigo Nick – devolveu o Espantalho, agradecido. – Nada pode resistir a seu gentil coração e a seu afiado machado.

Passando pelas fileiras de casas, eles viram pelas portas abertas que os homens estavam varrendo, tirando o pó da casa e lavando a louça, enquanto as mulheres ficavam sentadas em grupos fofocando e rindo.

– O que aconteceu? – perguntou o Espantalho a um homem triste com uma barba densa que usava avental e empurrava um carrinho de bebê pela calçada.

– Bem, tivemos uma revolução, Vossa Majestade, como bem deve saber – respondeu o homem –, e desde que o senhor se foi, as mulheres estão governando tudo como lhes convém. Estou feliz que tenha decidido voltar e restaurar a ordem, pois o trabalho doméstico e o cuidado com as crianças está exaurindo as forças de todos os homens da Cidade das Esmeraldas.

– Hum – disse o Espantalho, pensativo. – Se é um trabalho tão duro, como as mulheres faziam com tanta facilidade?

– Realmente não sei – respondeu o homem, com um profundo suspiro. – Talvez as mulheres sejam feitas de ferro.

Não houve nenhum movimento, enquanto passavam pela rua, de oposição a seu avanço. Várias das mulheres pararam de fofocar o suficiente para lançar olhares curiosos a nossos amigos, mas imediatamente se viravam com uma risada ou um escárnio e retomavam sua conversa. E quando encontraram várias garotas do Exército da Revolta, essas soldadas, em vez de ficar alarmadas ou parecer surpresas, simplesmente saíram do caminho e lhes permitiram seguir sem protesto.

Essa ação deixou o Espantalho desconfortável.

– Temo que estamos caindo numa armadilha – falou ele.

– Bobagem! – retorquiu Nick Lenhador, confiante. – Essas criaturas tolas já estão conquistadas.

Mas o Espantalho balançou a cabeça de uma maneira que expressava dúvida, e Tip comentou:

– Está fácil demais. Tome cuidado com os perigos à frente.

– Vou tomar – respondeu Sua Majestade. Sem serem parados, eles chegaram ao palácio real e subiram os degraus de mármore, que outrora eram incrustados, com grossas esmeraldas, mas agora estavam cheios de pequenos buracos onde as joias tinham sido cruelmente arrancadas de seus fixadores pelo Exército da Revolta.

E, por enquanto, nenhuma rebelde tinha barrado o caminho deles.

Pelos corredores arqueados até a sala do trono, marcharam o Homem de Lata e seus seguidores, e aqui, quando as cortinas de seda verdes se fecharam atrás deles, viram algo curioso.

Sentada no trono brilhante estava a general Jinjur, com a segunda melhor coroa do Espantalho na cabeça e o cetro real na mão direita. Uma caixa de balas, da qual ela comia, descansava em seu colo, e a garota parecia completamente confortável em seu ambiente real.

O Espantalho adiantou-se e a confrontou, enquanto o Homem de Lata se apoiava em seu machado e os outros formavam um meio círculo atrás de Sua Majestade.

– Como ousa sentar-se em meu trono? – exigiu o Espantalho, olhando com seriedade para a intrusa. – Não sabe que é culpada de traição, e que há uma lei contra traição?

– O trono pertence a quem conseguir tomá-lo – respondeu Jinjur, enquanto comia lentamente outra bala. – Eu o tomei, como vê; então, agora sou a rainha, e todos que se opõem a mim são culpados de traição e devem ser punidos pela lei que acaba de mencionar.

Essa visão do caso confundiu o Espantalho.

– Como é, amigo Nick? – perguntou ele, virando-se para o Homem de Lata.

– Bem, no que diz respeito à lei, não tenho nada a dizer – respondeu ele –, pois as leis não foram feitas para ser entendidas, e é uma tolice tentar.

– Então, o que devemos fazer? – perguntou o Espantalho, consternado.

– Por que não se casa com a rainha? Aí, os dois podem governar – sugeriu o Besourão.

Jinjur olhou com raiva para o inseto.

– Por que não a manda de volta para a casa da mãe, onde é o lugar dela? – perguntou Jack Cabeça de Abóbora.

Jinjur franziu o cenho.

– Por que não a tranca num armário até ela se comportar e prometer ser boazinha? – inquiriu Tip. Os lábios de Jinjur se curvaram em desdém.

– Ou você pode chacoalhá-la! – completou o Cavalete.

– Não – disse o Homem de Lata –, devemos tratar a pobrezinha com gentileza. Vamos dar-lhe todas as joias que pode carregar e mandá-la embora feliz e satisfeita.

Ouvindo isso, a rainha Jinjur riu alto, e no minuto seguinte bateu as lindas mãos três vezes, como se num sinal.

– Vocês são criaturas absurdas – disse ela –, mas estou cansada de suas bobagens e não tenho mais tempo para isso.

Enquanto o monarca e seus amigos ouviam espantados esse discurso imprudente, algo chocante aconteceu. O machado do Homem de Lata foi arrancado de sua mão por alguém atrás dele, e ele se viu desarmado e impotente. No mesmo instante, uma explosão de risos soou nos ouvidos do dedicado bando, e virando-se para ver de onde vinham, eles se encontraram cercados pelo Exército da Revolta, cada garota empunhando suas agulhas de tricô brilhantes. Toda a sala do trono parecia ocupada pelas rebeldes, e o Espantalho e seus companheiros perceberam que eram prisioneiros.

– Veja como é tolo se opor à inteligência de uma mulher – disse Jinjur, alegre. – E este acontecimento só prova que sou mais preparada para governar a Cidade das Esmeraldas do que um espantalho. Não quero fazer-lhes mal, garanto; mas para que não me causem problemas no futuro, vou ordenar que todos vocês sejam destruídos. Isto é, todos exceto o garoto, que pertence à velha Mombi e deve ser devolvido à guarda dela. O resto de vocês não é humano e, portanto, não será maldade demoli-los. Vou picar o Cavalete e o corpo do Cabeça de Abóbora para fazer lenha; e a abóbora vai ser transformada em tortas. O Espantalho vai servir bem para alimentar uma fogueira, e o Homem de Lata pode ser cortado em pequenos pedaços e dado aos bodes. Quanto a esse imenso Besourão...

– Muitíssimo Aumentado, por favor – interrompeu o inseto.

– Acho que vou pedir para a cozinheira fazer sopa de tartaruga-verde com você – continuou a rainha, reflexiva. O Besourão tremeu. – Ou, se não ficar bom, podemos usá-lo para um *goulash* húngaro, ensopado e bem apimentado – acrescentou ela, cruelmente.

Esse projeto de exterminação era tão terrível que os prisioneiros olharam um para o outro em pânico. Só o Espantalho não se rendeu ao desespero. Ficou parado tranquilo diante da rainha, com a sobrancelha enrugada em profundo pensamento enquanto tentava achar um jeito de escapar.

Enquanto isso, ele sentiu a palha em seu peito se mexer suavemente. De repente, a expressão dele mudou de tristeza para alegria e, levantando a mão, rapidamente desabotoou a frente de sua jaqueta.

Essa ação não passou despercebida pela multidão de garotas ao seu redor, mas nenhuma delas suspeitou do que ele estava fazendo até um ratinho cinza pular do peito dele para o chão e sair correndo no meio dos pés do Exército da Revolta. Outro rato seguiu-o rapidamente, depois outro e mais outro, em veloz sucessão. E, de repente, subiu do exército um grito de terror que podia facilmente ter enchido o coração mais corajoso de consternação. A fuga que se seguiu transformou-se numa disparada, e a disparada em pânico.

Enquanto os ratos assustados corriam pela sala, o Espantalho só teve tempo de notar um redemoinho de saias e um cintilar de pés enquanto as garotas desapareciam do palácio – empurrando e indo de encontro umas às outras em seus insanos esforços de escapar.

A rainha, no primeiro alarme, se levantou das almofadas do trono e começou a dançar freneticamente na ponta dos pés. Então, um rato subiu nas almofadas e, com um salto aterrorizado, a pobre Jinjur pulou por cima da cabeça do Espantalho e escapou por um arco – sem parar sua desabalada carreira até chegar aos portões da cidade.

Assim, em menos tempo do que consigo explicar, a sala do trono ficou deserta, exceto pelo Espantalho e seus amigos, e o Besourão deu um suspiro profundo de alívio ao exclamar:

– Graças a Deus estamos salvos!

– Por um tempo, sim – respondeu o Homem de Lata. – Mas as inimigas logo voltarão, temo.

– Vamos fechar todas as entradas do palácio! – disse o Espantalho. – Aí, teremos tempo de pensar no melhor a fazer.

Assim, todos, exceto Jack Cabeça de Abóbora, ainda amarrado ao Cavalete, correram para as várias entradas do palácio real e fecharam as pesadas portas, trancando-as com segurança. Assim, sabendo que o Exército da Revolta levaria vários dias para derrubar as barreiras, os aventureiros se reuniram mais uma vez na sala do trono para um conselho de guerra.

O ESPANTALHO TIRA UM TEMPO PARA PENSAR

– Parece-me – começou o Espantalho, quando todos estavam mais uma vez reunidos – que aquela garota Jinjur está certa em dizer que é a rainha. E se ela está certa, então eu estou errado e não temos nada que ocupar o palácio dela.

– Mas você era rei até ela chegar – disse o Besourão, andando para cima e para baixo com as mãos nos bolsos –, então, me parece que ela é a intrusa.

– Especialmente porque acabamos de conquistá-la e afugentá-la – completou o Cabeça de Abóbora, levantando as mãos para virar a cabeça na direção do Espantalho.

– A gente realmente a conquistou? – perguntou o Espantalho, em voz baixa. – Olhe pela janela e diga-me o que vê.

Tip correu até a janela e olhou para fora.

– O palácio está cercado por uma fileira dupla de soldadas – anunciou ele.

– Foi o que pensei – devolveu o Espantalho. – Somos tão prisioneiros delas quanto antes de os ratos as expulsarem do palácio.

– Meu amigo tem razão – disse Nick Lenhador, que estava polindo seu peito com um pedaço de camurça. – Jinjur ainda é rainha, e nós somos prisioneiros dela.

– Mas espero que ela não consiga nos pegar! – exclamou o Cabeça de Abóbora, tremendo de medo. – Ela ameaçou me transformar em torta, sabe.

– Não se preocupe – disse o Homem de Lata. – Não vai importar muito. Se ficar trancado aqui, com o tempo você vai mesmo estragar. Uma boa torta é bem mais admirável que um intelecto decadente.

– Verdade – concordou o Espantalho.

– Ah, céus – resmungou Jack –, que infelicidade a minha! Por quê, querido pai, não me fez de lata, ou até de palha, para eu ficar bom indefinidamente?

– Caramba! – devolveu Tip, indignado. – Você devia estar agradecido de ter sido feito – então, completou, reflexivo: – Tudo tem que terminar em algum momento.

– Mas rogo por lembrar-lhe – interrompeu o Besourão, com um olhar tenso em seus olhos redondos e esbugalhados – que essa terrível rainha Jinjur sugeriu me transformar em *goulash*. Eu! O único Besourão Muitíssimo Aumentado e Inteiramente Instruído em todo o mundo!

– Acho que foi uma ideia brilhante – comentou o Espantalho, com aprovação.

– Não acha que ele ficaria melhor numa sopa? – perguntou o Homem de Lata, virando-se para seu amigo.

– Bem, talvez – reconheceu o Espantalho.

O Besourão grunhiu.

– Vejo, em minha mente – disse, lamentando –, os bodes comendo pequenos pedaços de meu querido camarada Homem de Lata, enquanto minha sopa está sendo cozida numa fogueira feita com o Cavalete e o corpo do Cabeça de Abóbora, e a rainha Jinjur me observando ferver enquanto alimenta as chamas com meu amigo Espantalho!

Esse cenário mórbido criou um clima sombrio em todo o grupo, deixando-os inquietos e ansiosos.

– Vai demorar um tempo para acontecer – disse o Homem de Lata, tentando parecer animado –, pois vamos manter Jinjur longe do palácio até ela conseguir derrubar as portas.

– E, enquanto isso, posso morrer de fome, e o Besourão também – anunciou Tip.

– Quanto a mim – disse o Besourão –, acho que podia viver algum tempo comendo Jack Cabeça de Abóbora. Não que minha comida preferida seja abóbora, mas acredito que seja bem nutritiva, e a cabeça de Jack é grande e carnuda.

– Que insensível! – exclamou o Homem de Lata, muito chocado. – Somos canibais, por acaso? Ou somos amigos fiéis?

– Vejo claramente que não podemos ficar trancados neste palácio – disse o Espantalho, decidido. – Então, vamos acabar com essa conversa lúgubre e tentar achar um jeito de escapar.

Com essa sugestão, todos se reuniram ansiosos ao redor do trono onde estava o Espantalho, e quando Tip sentou-se num banquinho, caiu de seu bolso uma caixinha de pimenta, que rolou no chão.

– O que é isso? – perguntou Nick Lenhador, pegando a caixa.

– Cuidado! – gritou o garoto. – É meu Pó da Vida. Não derrube, está quase acabando.

– E o que é o Pó da Vida? – inquiriu o Espantalho, enquanto Tip recolocava a caixa com cuidado no bolso.

– É uma coisa mágica que a velha Mombi conseguiu com um feiticeiro desonesto – explicou o garoto. – Ela deu vida a Jack com isso, e depois usei para dar vida ao Cavalete. Acho que dá vida a qualquer coisa que seja salpicada com ele, mas só tem mais uma dose.

– Então, é muito precioso – disse o Homem de Lata.

– É mesmo – concordou o Espantalho. – Pode ser o melhor meio de escaparmos de nossas dificuldades. Acho que vou pensar por alguns minutos; então, agradeço, amigo Tip, se pegar sua faca e cortar essa coroa pesada de minha testa.

Tip logo cortou as costuras que amarravam a coroa à cabeça do Espantalho, e o ex-monarca da Cidade das Esmeraldas a removeu com um suspiro de alívio, pendurando-a num cabide ao lado do trono.

– É minha última lembrança da realeza – disse ele –, e fico feliz de me livrar dela. O antigo rei desta cidade, que se chamava Pastoria, perdeu a coroa para o Maravilhoso Mágico, que a passou a mim. Agora, a garota Jinjur a reclama, e sinceramente espero que não lhe dê dor de cabeça.

– Um pensamento gentil que admiro muito – disse o Homem de Lata, assentindo em aprovação.

– E, agora, vou pensar em silêncio – continuou o Espantalho, recostando-se de novo no trono.

Os outros permaneceram o mais silenciosos e imóveis possível, para não perturbá-lo; todos tinham grande confiança no cérebro extraordinário do Espantalho.

E, depois do que pareceu um tempo longuíssimo para os observadores ansiosos, o pensador sentou-se ereto, olhou seus amigos com uma expressão das mais extravagantes e disse:

– Meu cérebro está funcionando lindamente hoje. Estou bem orgulhoso dele. Agora, ouçam! Se tentarmos escapar pelas portas do palácio, com certeza seremos capturados. E, como não podemos escapar por terra, só tem outra coisa a fazer. Precisamos escapar pelo ar!

Ele parou para notar o efeito dessas palavras, mas todos os seus ouvintes pareciam confusos e nada convencidos.

– O Maravilhoso Mágico fugiu num balão – continuou ele. – Não sabemos fazer um balão, claro, mas qualquer coisa que possa voar pode nos levar facilmente. Então, sugiro que meu amigo Homem de Lata, que é um mecânico habilidoso, construa algum tipo de máquina, com asas boas e fortes, para nos carregar; e nosso amigo Tip pode dar vida a ela com seu pó mágico.

– Bravo! – gritou Nick Lenhador.

– Que cérebro esplêndido! – murmurou Jack.

– Muito inteligente, de fato – disse o Besourão Instruído.

– Acredito que seja possível – declarou Tip –, isto é, se o Homem de Lata conseguir fabricar a Coisa.

– Vou dar meu melhor – disse Nick, alegre – e, aliás, não costumo fracassar no que tento fazer. Mas a Coisa vai ter que ser construída no telhado do palácio, para poder subir ao ar confortavelmente.

– É claro – disse o Espantalho.

– Então, vamos procurar pelo palácio – continuou o Homem de Lata – e carregar todo o material que encontrarmos para o telhado, onde começarei a trabalhar.

– Primeiro, porém – disse o Cabeça de Abóbora –, imploro que me tirem deste cavalo e me façam outra perna para andar. Pois, em minha atual condição, não sou útil nem para mim, nem para mais ninguém.

Então, o Homem de Lata destruiu uma mesa de centro com seu machado e encaixou uma das pernas, lindamente esculpida, no corpo de Jack Cabeça de Abóbora, que ficou muito orgulhoso de sua nova aquisição.

– Parece estranho – disse ele, vendo o Homem de Lata trabalhar – que minha perna esquerda seja a parte mais elegante e substancial de mim.

– Isso prova que você é incomum – falou o Espantalho –, e estou convencido de que as únicas pessoas que valem a pena levar em consideração neste mundo sejam as incomuns. Pois as pessoas comuns são como folhas de uma árvore, vivem e morrem sem ser notadas.

– Falou como um filósofo! – exclamou o Besourão, ajudando o Homem de Lata a colocar Jack de pé.

– Como se sente agora? – perguntou Tip, vendo o Cabeça de Abóbora mancar para testar sua nova perna.

– Como novo – respondeu Jack, alegre – e pronto para ajudá-los a escapar.

Então, feliz por estar fazendo qualquer coisa que pudesse levar ao fim de sua prisão, os amigos se separaram para vagar pelo palácio em busca de materiais adequados à construção de sua máquina aérea.

O IMPRESSIONANTE VOO DO CERVILHO

Quando os aventureiros se reuniram de novo no telhado, viu-se que os vários membros do grupo tinham reunido uma seleção de artigos bastante curiosa. Ninguém parecia ter uma ideia muito clara do que era necessário, mas todos tinham trazido algo.

O Besourão tinha trazido a cabeça de um Cervilho, adornada com grandes galhos; e, com muito cuidado, o inseto o carregara pelas escadas até o telhado. Esse Cervilho parecia a cabeça de um alce, mas com o nariz empinado de um jeito arrogante e bigodes no queixo, como os de uma cabra. Por que o Besourão selecionara esse artigo, ele não sabia explicar, exceto que suscitara sua curiosidade.

Tip, com ajuda do Cavalete, trouxera um grande sofá estofado para o telhado. Era um móvel antiquado, com costas e braços altos, e tão pesado que até com a maior parte do peso apoiado nas costas do Cavalete o garoto se viu sem fôlego, quando, por fim, o sofá desajeitado foi jogado no telhado.

O Cabeça de Abóbora trouxera uma vassoura, que foi a primeira coisa que ele viu. O Espantalho chegou com um varal de roupas e cordas que tinha pegado do pátio e, em sua subida pelas escadas, ele se emaranhara de tal forma nas pontas soltas das cordas, que tanto ele quanto sua carga caíram numa pilha no telhado e podiam ter rolado para baixo se Tip não o tivesse resgatado.

O Homem de Lata apareceu por último. Também havia estado no pátio, onde cortara quatro folhas grandes e amplas de uma enorme palmeira, que era o orgulho de todos os habitantes da Cidade das Esmeraldas.

– Meu caro Nick! – exclamou o Espantalho, vendo o que o amigo tinha feito. – Você é culpado do maior crime que se pode cometer na Cidade das Esmeraldas. Se bem me lembro, a pena por cortar folhas da palmeira real é ser morto sete vezes e, depois, a prisão perpétua.

– Agora, não há mais o que fazer – respondeu o Homem de Lata, jogando as grandes folhas no telhado. – Mas pode ser mais um motivo para precisarmos escapar. E agora vejamos o que acharam para eu trabalhar.

Muitos foram os olhares de dúvidas sobre a miscelânea de material agora agrupada no telhado, e finalmente o Espantalho balançou a cabeça e comentou:

– Bem, se o amigo Nick, com esse monte de lixo, conseguir fabricar uma Coisa que voe pelo ar e que nos leve em segurança, vou reconhecer que ele é um mecânico melhor do que eu suspeitava.

Mas, à primeira vista, o Homem de Lata não parecia nada certo de sua capacidade, e só depois de polir vigorosamente a testa com a camurça ele decidiu começar a empreitada.

– A primeira coisa de que a máquina precisa – disse ele – é um corpo grande o bastante para levar o grupo todo. Esse sofá é a maior coisa que temos e pode ser usado como corpo. Mas se a máquina se virar de lado, todos vão escorregar e cair no chão.

– Por que não usar dois sofás? – perguntou Tip. – Tem outro igual a esse no andar de baixo.

– É uma sugestão muito sensata – considerou o Homem de Lata. – Vá imediatamente buscar esse sofá.

Então, Tip e o Cavalete conseguiram, com muito esforço, levar o segundo sofá até o telhado; e quando os dois foram unidos ponta a ponta, as costas e os braços formavam uma excelente barreira de proteção em torno de todos os assentos.

– Excelente! – gritou o Espantalho. – Podemos ir dentro desse ninho aconchegante bem confortáveis.

Os dois sofás foram amarrados com firmeza com as cordas dos varais, e então Nick Lenhador amarrou a cabeça do Cervilho numa das pontas.

– Isso vai mostrar qual é a parte da frente da Coisa – disse, muito satisfeito com a ideia. – E, na verdade, se examinarmos criticamente, o Cervilho parece muito uma figura de proa de barco. Essas grandes folhas de palmeira, pelas quais coloquei minha vida em perigo sete vezes, nos servirão como asas.

– São fortes o bastante? – perguntou o garoto.

– São as coisas mais fortes que pudemos conseguir – respondeu o lenhador – e, embora não sejam proporcionais ao corpo, não estamos em condição de ser exigentes.

Então, ele amarrou as palmeiras aos sofás, duas de cada lado. O Besourão disse, com considerável admiração:

– Agora, a Coisa está completa e só precisa ganhar vida.

– Pare um momento! – exclamou Jack. – Não vão usar minha vassoura?

– Para quê? – questionou o Espantalho.

– Bem, ela pode ser amarrada no fim como cauda – respondeu o Cabeça de Abóbora. – Com certeza, não vão dizer que a Coisa está completa sem uma cauda.

– Hum – disse o Homem de Lata –, não vejo a utilidade de uma cauda. Não estamos tentando copiar uma fera, um peixe ou um pássaro. Só precisamos que a Coisa nos carregue pelo ar.

– Talvez, depois que a Coisa estiver viva, possa usar a cauda para guiar – sugeriu o Espantalho. – Pois, se ela voar pelo ar, não vai ser muito diferente de um pássaro, e notei que todos os pássaros têm caudas que usam como timão enquanto voam.

– Muito que bem – respondeu Nick –, a vassoura será usada como cauda – e ele a amarrou firmemente à ponta de trás do corpo de sofás.

Tip pegou a caixinha de pimenta no bolso.

– A Coisa parece bem grande – disse, ansioso –, e não tenho certeza de que haja pó o bastante para dar vida a toda ela. Mas vou tentar colocar no máximo.

– Coloque a maior parte nas asas – recomendou Nick Lenhador –, que devem ser o mais forte possível.

– E não esqueça a cabeça! – exclamou o Besourão.

– Nem a cauda! – completou Jack Cabeça de Abóbora.

– Fiquem quietos – pediu Tip, nervoso –, precisam me deixar fazer a magia do jeito certo.

Com muito cuidado, ele começou a salpicar a Coisa com o precioso pó. Primeiro, cada uma das quatro asas foi coberta por uma camada. Então, os sofás foram salpicados e a vassoura recebeu uma camada fina.

– A cabeça! A cabeça! Eu imploro, não esqueça a cabeça! – berrou o Besourão, animado.

– Só tem mais um pouco de pó – anunciou Tip, olhando dentro da caixa. – E me parece que é mais importante dar vida às pernas do sofá do que à cabeça.

– Não concordo – decidiu o Espantalho. – Tudo precisa de uma cabeça para direcionar, e como essa criatura vai voar, não andar, as pernas estarem vivas ou não de fato não importa.

Então, Tip obedeceu à decisão e salpicou a cabeça do Cervilho com o resto do pó.

– Agora – disse ele –, fiquem em silêncio enquanto eu faço a magia.

Tendo ouvido a velha Mombi pronunciar as palavras mágicas e também conseguido dar vida ao Cavalete, Tip não hesitou um instante em falar as três palavras cabalísticas, cada uma acompanhada pelo peculiar gesto das mãos.

Foi uma cerimônia séria e impressionante.

Quando ele terminou o feitiço, a Coisa tremeu o corpo inteiro, o Cervilho deu um grito estridente típico desses animais, e as quatro asas começaram a bater furiosamente.

Tip conseguiu agarrar uma chaminé, senão teria voado do telhado com o vento terrível levantado pelas asas. O Espantalho, tão leve, foi levantado e jogado no ar até Tip, por sorte, agarrá-lo por uma perna e segurá-lo com força. O Besourão ficou deitado no telhado e, assim, evitou danos, e o Homem de Lata, cujo peso o ancorava firmemente, jogou os dois braços ao redor de Jack Cabeça de Abóbora e conseguiu salvá-lo. O Cavalete caiu de costas, balançando as pernas no ar desamparado.

– Aqui! Volte! – gritou Tip, numa voz assustada enquanto agarrava a chaminé com uma mão e o Espantalho com outra. – Volte imediatamente, eu ordeno!

Agora, a sabedoria do Espantalho em dar vida à cabeça da Coisa e não às pernas ficou provada acima de qualquer dúvida. Pois o Cervilho, já alto no ar, virou a cabeça ao ouvir a ordem de Tip e deu meia-volta até poder enxergar o teto do palácio.

– Volte! – gritou de novo o menino.

E o Cervilho obedeceu, batendo suas quatro asas no ar de forma lenta e graciosa, até estar de volta imóvel no telhado.

NO NINHO DAS GRALHAS

– Esta – disse o Cervilho, com uma voz esganiçada nada proporcional ao resto de seu grande corpo – é a experiência mais diferente de que já tive notícia. A última coisa de que me lembro distintamente é andar pela floresta e ouvir um barulho alto. Algo provavelmente me matou, e com certeza devia ter sido meu fim. Mas aqui estou eu, vivo de novo, com quatro asas monstruosas e um corpo que ouso dizer que faria qualquer animal ou ave respeitável chorar de vergonha. O que significa tudo isso? Sou um Cervilho ou uma monstruosidade?

Ao falar, a criatura balançava os bigodes do queixo de maneira muito cômica.

– Você é só uma Coisa – respondeu Tip – com uma cabeça de Cervilho. E nós o criamos e lhe demos vida para poder nos carregar pelo ar até onde quisermos ir.

– Muito bem! – disse a Coisa. – Como não sou um Cervilho, não posso ter o orgulho nem o espírito independente de um Cervilho. Então, posso muito bem virar servo de vocês. Minha única satisfação é que não pareço ter uma constituição muito forte e provavelmente não viverei muito num estado de escravidão.

– Não diga isso, imploro! – gritou o Homem de Lata, cujo excelente coração sentiu-se fortemente afetado por esse triste discurso. – Não se sente bem hoje?

– Ah, quanto a isso – retorquiu o Cervilho –, é meu primeiro dia de existência, então, não posso julgar se me sinto bem ou mal – e ele balançou a cauda de vassoura para a frente e para trás de forma pensativa.

– Vamos, vamos – disse o Espantalho, com suavidade. – Tente ser mais alegre e aceitar a vida como ela é. Seremos mestres gentis e tentaremos fazer sua existência o mais agradável possível. Está disposto a nos carregar pelo ar para onde quisermos ir?

– Com certeza – respondeu o Cervilho. – Prefiro mesmo navegar pelo ar. Pois se eu viajasse por terra e encontrasse alguém de minha própria espécie, minha vergonha seria terrível!

– Entendo isso – disse o Homem de Lata, com compaixão.

– Mesmo assim – continuou a Coisa –, quando olho cuidadosamente para vocês, meus mestres, nenhum parece construído de forma muito mais artística que eu.

– As aparências enganam – disse o Besourão, com sinceridade. – Eu sou tanto Muitíssimo Aumentado quanto Inteiramente Instruído.

– Que coisa – murmurou o Cervilho, indiferente.

– E meu cérebro é um espécime considerado incrivelmente raro – acrescentou o Espantalho, orgulhoso.

– Que estranho! – comentou o Cervilho.

– Embora eu seja feito de Lata – disse o lenhador –, tenho um coração que é o mais afetuoso e admirável do mundo todo.

– Fico feliz em saber – respondeu o Cervilho, com uma leve tosse.

– Meu sorriso – disse Jack Cabeça de Abóbora – vale toda a sua atenção. É sempre igual.

– *Semper idem* – explicou o Besourão, pomposo, e o Cervilho virou-se para olhá-lo.

– E eu – declarou o Cavalete, preenchendo uma pausa desconfortável – só sou singular porque não consigo evitar isso.

– Eu, de fato, tenho orgulho de encontrar mestres tão excepcionais – disse o Cervilho, em tom descuidado. – Se eu pudesse apenas conseguir me apresentar assim também, ficaria mais do que satisfeito.

– Isso virá com o tempo – comentou o Espantalho. – "Conhecer a si mesmo" é considerado uma conquista e tanto, e nós, mais velhos que você, levamos meses para aperfeiçoá-la. Mas agora – completou ele, virando-se para os outros –, vamos embarcar e começar nossa jornada.

– Para onde devemos ir? – perguntou Tip, escalando até um lugar nos sofás e ajudando o Cabeça de Abóbora a segui-lo.

– No País do Sul, governa uma rainha muito agradável chamada Glinda, a Boa, que com certeza nos receberá – disse o Espantalho, entrando desajeitado na Coisa. – Vamos até ela pedir seus conselhos.

– É um pensamento muito inteligente – declarou Nick Lenhador, dando um impulso para o Besourão e jogando o Cavalete na parte de trás dos assentos estofados. – Conheço Glinda, a Boa, e acredito que ela se provará amiga.

– Já estamos prontos? – respondeu o Cervilho, breve.

Ele bateu as quatro enormes asas e subiu lentamente para o ar; e então, enquanto nosso pequeno bando de aventureiros se agarrava às costas e aos braços do sofá para se segurar, o Cervilho virou para o sul e pairou suave e magicamente, afastando-se.

– O efeito cênico desta altitude é maravilhoso – disse o Espantalho. – Segurem firme para não cair. A Coisa parece balançar muito.

– Vai escurecer logo – disse Tip, observando que o Sol estava baixo no horizonte. – Talvez devêssemos ter esperado até a manhã. Fico me perguntando se o Cervilho vai conseguir voar à noite.

– Eu mesmo me perguntei isso – falou o Cervilho em voz baixa. – Veja, esta experiência é nova para mim. Eu tinha pernas que me carregavam com agilidade pelo solo. Mas, agora, é como se minhas pernas estivessem adormecidas.

– Estão – disse Tip. – Nós não demos vida a elas.

– É para você voar – explicou o Espantalho –, não andar.

– Andar, nós conseguimos sozinhos – completou o Besourão.

– Começo a entender o que se exige de mim – comentou o Cervilho –, então farei meu melhor para agradá-los – e voou por um tempo em silêncio.

Logo Jack Cabeça de Abóbora ficou inquieto.

– Será que voar pode estragar abóboras?

– Só se você não tomar cuidado e derrubar sua cabeça – respondeu o Besourão –, pois, aí, ela vai virar purê de abóbora.

– Não pedi para você parar com as piadas insensíveis? – exigiu Tip, olhando para o Besourão com uma expressão severa.

– Pediu, e tenho segurado várias delas – respondeu o inseto. – Mas há oportunidades de tantos trocadilhos excelentes em nossa língua que, para uma pessoa instruída como eu, a tentação de expressá-los é quase irresistível.

– Pessoas mais e menos instruídas já descobriram esses trocadilhos há séculos – apontou Tip.

– Tem certeza? – perguntou o Besourão, com um olhar assustado.

– É claro – respondeu o garoto. – Um Besourão instruído pode ser algo novo; a instrução desse Besourão é tão velha quanto andar para a frente, a julgar pela forma como você a expressa.

O inseto pareceu muito abalado por esse comentário e, por um tempo, manteve um silêncio dócil.

O Espantalho, mexendo-se no assento, viu em cima das almofadas a caixinha de pimenta que Tip tinha deixado de lado e começou a examiná-la.

– Jogue lá embaixo – disse o garoto –, que agora já está vazia e não tem por que ficar com ela.

— Está vazia mesmo? — perguntou o Espantalho, olhando curioso dentro da caixa.

— Claro que está — respondeu Tip. — Chacoalhei para derrubar cada grão do pó.

— Então, a Caixa tem dois fundos — anunciou o Espantalho —, pois o fundo de dentro fica a quase três centímetros do fundo de fora.

— Deixe-me ver — disse o Homem de Lata, pegando a caixa do amigo. — Sim — declarou ele, depois de examinar —, essa coisa com certeza tem um fundo falso. Agora, para que será que serve?

— Não consegue desmontar para descobrirmos? — inquiriu Tip, agora bem interessado no mistério.

— Bem, sim; o fundo de baixo é de rosquear — disse o Homem de Lata. — Meus dedos estão bem duros; por favor, veja se consegue abrir.

Ele entregou a caixinha de pimenta para Tip, que não teve dificuldade em desrosquear o fundo. E na cavidade abaixo estavam três pílulas prateadas, com um papel cuidadosamente dobrado embaixo.

O garoto desdobrou o papel, tomando cuidado de não derrubar as pílulas, e viu várias linhas escritas claramente com tinta vermelha.

— Leia em voz alta — pediu o Espantalho. Então, Tip leu o seguinte:

AS FAMOSAS PÍLULAS DE DESEJOS DO DR. NIKIDIK
Modo de usar: engula uma pílula; conte até dezessete de dois em dois; depois, faça um desejo.
O desejo imediatamente será concedido.
ATENÇÃO: Manter em lugar seco e escuro.

— Bem, é uma descoberta muito valiosa! — gritou o Espantalho.
— É sim — respondeu Tip, sério. — Essas pílulas podem nos ser de muita valia. Será que Mombi sabia que estavam dentro da caixa? Lembro-me de ouvi-la dizer que conseguiu o Pó da Vida com esse mesmo Nikidik.

– Ele deve ser um feiticeiro poderoso! – exclamou o Homem de Lata. – E, como o pó se provou um sucesso, devemos confiar nas pílulas.

– Mas como – perguntou o Espantalho – alguém pode contar até dezessete de dois em dois? Dezessete é um número ímpar.

– É verdade – respondeu Tip, muito decepcionado. – Ninguém pode de jeito nenhum contar até dezessete de dois em dois.

– Então, as pílulas não nos adiantam em nada – lamentou o Cabeça de Abóbora –, e isso me enche de pesar. Pois eu pretendia desejar que minha cabeça nunca estragasse.

– Imagine! – disse o Espantalho, severamente. – Se pudéssemos usar as pílulas, íamos fazer desejos bem melhores do que esse.

– Não vejo como algo poderia ser melhor – protestou o pobre Jack. – Se você pudesse estragar a qualquer momento, entenderia minha ansiedade.

– De minha parte – falou o Homem de Lata –, me compadeço de tudo com você. Mas, como não podemos contar até dezessete de dois em dois, minha compaixão é a única coisa que você vai conseguir.

Nessa hora já estava bem escuro, e os viajantes se encontraram em um céu nublado, que os raios da Lua não conseguiam atravessar.

O Cervilho voava estável e, por algum motivo, o enorme corpo-sofá balançava mais e mais a cada hora.

O Besourão declarou estar nauseado; e Tip também estava pálido e um pouco atordoado. Mas os outros se agarravam às costas dos sofás e não pareciam importar-se com o movimento, desde que não caíssem.

A noite ficou mais e mais escura, e o Cervilho seguia pelos céus negros. Os viajantes nem conseguiam ver um ao outro, e um silêncio opressor caiu entre eles.

Depois de um longo tempo, Tip, que estava pensando profundamente, falou:

– Como saber se já estamos chegando ao palácio de Glinda, a Boa?

– O palácio de Glinda fica muito longe – respondeu o lenhador –, já viajei até lá.

– Mas como vamos saber quão rápido está indo o Cervilho? – insistiu o garoto. – Não conseguimos ver nada na terra, e antes da manhã poderemos ter passado muito do lugar em que queremos chegar.

– Tudo isso é bem verdade – respondeu o Espantalho, um pouco desconfortável –, mas não vejo como parar agora, pois podemos pousar num rio ou no topo de um campanário, e isso seria um grande desastre.

Então, permitiram que o Cervilho seguisse voando, com batidas regulares de suas grandes asas, e esperaram pacientemente pela manhã.

Então, os medos de Tip se provaram fundamentados; pois com os primeiros raios do amanhecer cinza eles olharam pelas laterais do sofá e descobriram planícies onduladas, pontilhadas por aldeias esquisitas, onde as casas, em vez de ter formato de domo – como todas na Terra de Oz – tinham tetos inclinados que subiam no meio. Animais esquisitos também se moviam pelas planícies abertas, e o país não era familiar nem ao Homem de Lata, nem ao Espantalho, que já tinham visitado antes o domínio de Glinda, a Boa, e o conheciam bem.

– Estamos perdidos! – disse o Espantalho, sombrio. – O Cervilho deve ter nos levado totalmente para fora da Terra de Oz, passando por cima dos desertos de areia até aquele mundo externo terrível de que Dorothy nos falou.

– Precisamos voltar – disse o Homem de Lata, com sinceridade. – Precisamos voltar o mais rápido possível! – Dê meia-volta! – gritou ao Cervilho. – Dê meia-volta o mais rápido que puder!

– Se eu fizer isso, vou derrubar vocês – respondeu o Cervilho. – Não estou nada acostumado a voar, e o melhor plano seria pousar em algum lugar, aí posso virar e começar de novo.

Naquele momento, porém, não parecia haver lugar de pouso que respondesse às necessidades deles. Voaram por cima de uma aldeia tão grande que o Besourão declarou ser uma cidade. E depois chegaram a uma cadeia de montanhas altas com muitos desfiladeiros e encostas íngremes bem à vista.

– Agora é nossa chance de parar – disse o garoto, vendo que estavam bem perto do topo das montanhas. Então, ele se virou para o Cervilho e ordenou: – Pare no primeiro lugar plano que vir!

– Muito bem – respondeu o Cervilho, e pousou numa mesa de pedra entre dois desfiladeiros.

Mas, não sendo experiente nessas coisas, o Cervilho não julgou bem sua velocidade e, em vez de parar na pedra plana, ele errou por metade do comprimento de seu corpo, quebrando as duas asas direitas na ponta afiada da pedra e depois rolando encosta abaixo.

Nossos amigos se seguraram nos sofás o máximo que conseguiram, mas, quando o Cervilho ficou preso numa pedra projetada, a Coisa parou de repente – de cabeça para baixo – e todos foram jogados imediatamente para fora.

Por sorte, eles só caíram alguns metros, pois abaixo deles havia um ninho enorme, construído por uma colônia de gralhas numa parte oca do rochedo; então, nenhum deles – nem o Cabeça de Abóbora – se machucou com a queda. Pois Jack acabou com sua preciosa cabeça descansando no peito macio do Espantalho, que servia como uma ótima almofada, e Tip caiu numa massa de folhas e papéis que impediu que ele se machucasse. O Besourão bateu sua cabeça redonda contra o Cavalete, mas isso não lhe causou mais que um incômodo momentâneo.

O Homem de Lata, de início, ficou alarmado, mas ao ver que escapara sem nenhum arranhão em seu níquel, logo recuperou a alegria costumeira e virou-se para dirigir-se a seus companheiros.

– Nossa jornada acabou de forma bastante abrupta – disse –, e não podemos justamente culpar nosso amigo Cervilho por nosso acidente, pois ele fez o melhor que podia nas circunstâncias. Mas como vamos escapar deste ninho é algo que deixarei a alguém com um cérebro melhor do que o meu.

Nisso, ele olhou para o Espantalho, que foi engatinhando até a beira do ninho e olhou para fora. Abaixo deles, havia um precipício de várias centenas de metros de profundidade. Acima, uma encosta ininterrupta, a não ser pela ponta da pedra em que o corpo avariado do Cervilho ainda estava suspenso pelo canto de um dos sofás. Parecia mesmo não haver como escapar, e quando percebeu sua situação indefesa, o pequeno bando de aventureiros se viu perplexo.

– É uma prisão pior do que o palácio – comentou, triste, o Besourão.

– Quem dera tivéssemos ficado lá – resmungou Jack.

– Temo que o ar da montanha não seja bom para abóboras.

– Não vai ser quando as gralhas voltarem – rosnou o Cavalete, que estava balançando as pernas numa tentativa em vão para ficar de pé de novo. – Gralhas gostam demais de abóboras.

– Acha que as aves vão vir para cá? – perguntou Jack, muito tenso.

– Claro que vão – disse Tip –, pois este é o ninho delas. E deve haver centenas – continuou –, pois veja quantas coisas trouxeram para cá.

De fato, o ninho estava quase cheio com uma coleção curiosa de pequenos artigos que não eram úteis para aves, mas que mesmo assim as gralhas larápias tinham roubado durante muitos anos dos lares dos homens. E como o ninho ficava escondido em segurança onde nenhum humano conseguiria alcançar, a propriedade roubada nunca era recuperada.

O Besourão, procurando entre os entulhos – pois as gralhas roubavam tanto coisas úteis quanto coisas valiosas –, virou com o pé um lindo colar de diamante. O Homem de Lata ficou tão admirado com ele que o Besourão o presenteou com um belo discurso, depois do qual o Homem de Lata pendurou o colar no pescoço com muito orgulho, regozijando--se demais quando os grandes diamantes brilharam sob os raios de sol.

Mas eles ouviram um grande tagarelar a batidas de asas e, com o som se aproximando, Tip exclamou:

– As gralhas estão chegando! E se nos acharem aqui, com certeza vão nos matar.

– Era o que eu temia! – falou Jack Cabeça de Abóbora. – É o meu fim!

– E o meu também – disse o Besourão –, pois as gralhas são o pior inimigo de minha espécie.

Os outros não estavam com nenhum medo; mas o Espantalho logo decidiu salvar aqueles de seu grupo que podiam ser machucados pelos pássaros raivosos. Então, ele ordenou que Tip tirasse a cabeça de Jack e deitasse com ela no fundo do ninho, e, quando isso foi feito, ordenou que o Besourão deitasse ao lado de Tip. Nick Lenhador, que sabia por experiência passada exatamente o que fazer, desmontou o Espantalho (inteiro, exceto pela cabeça) e espalhou a palha por cima de Tip e do Besourão, cobrindo-os completamente.

Mal tinham feito isso quando o bando de gralhas chegou até eles. Percebendo os intrusos em seu ninho, as aves voaram com gritos de raiva.

AS FAMOSAS PÍLULAS DE DESEJOS DO DR. NIKIDIK

O Homem de Lata em geral era pacífico, mas, quando a ocasião exigia, ele era capaz de lutar tão ferozmente quanto um gladiador romano. Assim, quando as gralhas quase o derrubaram com suas asas velozes, e seus bicos e garras afiadas ameaçaram arranhar seu brilhante metal, o lenhador pegou seu machado e girou com rapidez por cima da cabeça.

Mas, embora muitas tenham sido afastadas com isso, as aves eram tão numerosas e corajosas que continuaram o ataque tão curiosamente quanto antes. Algumas delas bicaram os olhos do Cervilho, que estava pendurado sobre o ninho numa condição desamparada; mas os olhos dele eram de vidro e não podiam ser feridos.

Outras gralhas correram para o Cavalete, mas o animal, estando imóvel de costas, chutou tão violentamente com suas pernas de madeira que afastou tantas agressoras quanto o machado do lenhador.

Vendo-se assim enfrentadas, as aves caíram sobre a palha do Espantalho, que estava no centro do ninho, cobrindo Tip, o Besourão e a cabeça de abóbora de Jack, e começaram a arrancá-las e voar com elas, só para deixar cair, palha por palha, no grande abismo abaixo.

A cabeça do Espantalho, notando desesperada essa destruição a esmo de seu interior, gritou para o Homen Lata salvá-lo, e seu bom amigo reagiu com energia renovada. Seu machado cortou entre as gralhas e, felizmente, o Cervilho começou a balançar loucamente as duas asas que sobravam no lado esquerdo de seu corpo. A agitação dessas grandes asas encheu as gralhas de terror e, quando o Cervilho, com seus esforços, libertou-se da pedra em que estava pendurado e caiu no ninho, o alarme dos pássaros foi tão grande que eles fugiram, gritando, por cima das montanhas.

Quando o último dos inimigos havia desaparecido, Tip saiu rastejando debaixo dos sofás e ajudou o Besourão a segui-lo.

– Estamos salvos! – gritou o garoto, feliz.

– Estamos, mesmo! – respondeu o Instruído Inseto, abraçando apertado, de alegria, a cabeça do Cervilho. – E devemos tudo ao bater de asas da Coisa e ao bom machado do Homem de Lata!

– Se estou salvo, tirem-me daqui! – chamou Jack, cuja cabeça ainda estava embaixo dos sofás; e Tip conseguiu rolar a abóbora para fora e colocá-la de novo no pescoço. Também pôs o Cavalete de pé e disse a ele:

– Devemos-lhe muitos agradecimentos por lutar galantemente.

– Acho mesmo que escapamos muito bem – comentou o Homem de Lata, num tom orgulhoso.

– Não é verdade! – exclamou uma voz oca.

Ao ouvir isso, todos se viraram surpresos para ver a cabeça do Espantalho, que estava no fundo do ninho.

– Estou completamente arruinado! – declarou o Espantalho, ao notar o choque deles. – Pois onde está a palha que preenche meu corpo?

A pergunta terrível alarmou a todos. Olharam ao redor do ninho horrorizados, pois não sobrava nem vestígio de palha. As gralhas tinham roubado até o último fio e jogado tudo no abismo que se abria por centenas de metros abaixo do ninho.

– Meu pobre, pobre amigo! – disse o Homem de Lata, pegando a cabeça do Espantalho e fazendo carinho nela. – Quem imaginaria que esse seria o seu fim?

– Fiz isso para salvar meus amigos – respondeu a cabeça – e fico feliz por ter perecido de maneira tão nobre e altruísta.

– Mas por que estão todos tão abatidos? – inquiriu o Besourão. – A roupa do Espantalho ainda está segura.

– Sim – respondeu o Homem de Lata –, mas as roupas de nosso amigo são inúteis sem o enchimento.

– Por que não enchê-lo de dinheiro? – sugeriu Tip.

– Dinheiro! – todos gritaram, num coro impressionado.

– É claro – disse o garoto. – No fundo do ninho há milhares de notas de um dólar, dois dólares, cinco dólares, dez, vinte, cinquenta. Tem o suficiente para encher uma dúzia de Espantalhos. Por que não usar o dinheiro?

O Homem de Lata começou a revirar os entulhos com o cabo de seu machado e, de fato, o que antes achavam que eram só papéis sem valor acabou se mostrando notas de valores diversos, que as maldosas gralhas por anos roubavam das aldeias e cidades que visitavam.

Havia uma imensa fortuna naquele ninho inacessível; e a sugestão de Tip, com consentimento do Espantalho, foi logo colocada em prática.

Selecionaram as notas mais novas e limpas e as reuniram em várias pilhas. A perna esquerda e a bota do Espantalho foram preenchidas por notas de cinco dólares; a perna direita por notas de dez dólares; e o corpo por notas de cinquenta, cem e mil, tantas que ele mal conseguia abotoar sua jaqueta confortavelmente.

– Agora – disse o Besourão, impressionado quando a tarefa foi finalizada – você é o membro mais valioso de nosso grupo; e como está entre amigos fiéis, não há risco de nós o gastarmos.

– Obrigado – devolveu o Espantalho, agradecido. – Sinto-me como um novo homem; e embora à primeira vista possam me confundir com um cofre, peço que lembrem que meu cérebro ainda é feito do mesmo material. E essa é a posse que sempre me fez alguém com quem se pode contar numa emergência.

– Bem, a emergência está aqui – observou Tip – e, a não ser que seu cérebro nos ajude a sair dela, vamos ter que passar o resto da vida neste ninho.

– Que tal aquelas pílulas de desejos? – inquiriu o Espantalho, pegando a caixa do bolso de sua jaqueta. – Não podemos usá-las para escapar?

– Só se conseguirmos contar até dezessete de dois em dois – respondeu o Homem de Lata. – Mas nosso amigo Besourão diz que é altamente instruído, então, deve descobrir com tranquilidade como fazer isso.

– Não é questão de instrução – respondeu o inseto –, mas meramente de matemática. Vi o professor fazer muitas somas na lousa, e ele dizia que tudo podia ser feito com Xs, e Ys, e As, e essas coisas, misturadas com vários sinais de adição, subtração e igual, e assim por diante. Mas nunca disse nada, até onde me lembro, sobre contar até o número dezessete, ímpar, usando o número dois, par.

– Pare! Pare! – gritou o Cabeça de Abóbora. – Está fazendo minha cabeça doer.

– E a minha também – completou o Espantalho. – Sua matemática me parece um pote de picles sortidos em que, quanto mais você tenta pegar o que quer, menos chance tem de conseguir. Tenho certeza de que, se for possível fazer isso, é de uma maneira bem simples.

– Sim – concordou Tip. – A Velha Mombi não sabia usar x nem sinal de subtração, pois nunca foi à escola.

– Por que não começar a contar de meio? – perguntou o Cavalete, abruptamente. – Aí, é muito fácil qualquer um contar até dezessete de dois em dois.

Eles se olharam com surpresa, pois o Cavalete era considerado o mais estúpido de todo o grupo.

– Você faz com que eu tenha vergonha de mim mesmo – disse o Espantalho, com uma mesura para o cavalo.

– Mesmo assim, a criatura tem razão – declarou o Besourão –, pois meio vezes dois o resultado é um, e se chegarmos a um é fácil contar de um a dezessete de dois em dois.

– Eu me pergunto por que será que eu mesmo não pensei nisso – disse o Cabeça de Abóbora.

– Não sei – falou o Espantalho. – Você não é mais esperto que o resto de nós, é? Mas vamos dizer logo um desejo. Quem vai engolir a primeira pílula?

– Que tal você? – sugeriu Tip.

– Não posso – disse o Espantalho.

– Por que não? Você tem boca, não tem? – questionou o garoto.

– Sim, mas minha boca é pintada e não tem garganta conectada a ela – respondeu o Espantalho. – Aliás – continuou, olhando criticamente de um para o outro –, acho que o garoto e o Besourão são os únicos de nosso grupo que conseguem engolir.

Observando a verdade desse comentário, Tip falou:

– Então, eu vou dizer o primeiro desejo. Dê-me uma das pílulas prateadas.

O Espantalho tentou fazer isso, mas suas luvas estofadas eram desajeitadas demais para um objeto tão pequeno, e ele esticou a caixa na direção do garoto, que selecionou uma das pílulas e engoliu.

– Conte! – gritou o Espantalho.

– Meio, um, três, cinco, sete, nove, onze – contou Tip –, treze, quinze, dezessete.

– Agora, faça o pedido! – disse o Homem de Lata, ansioso.

Mas bem nesse momento, o garoto começou a sentir tantas dores que ficou alarmado.

– A pílula me envenenou! – ele engasgou. – Ah! Ã-ã-ã-ã-ã! Ai! Assassinato! Fogo! – Ã-ah! – e rolou no fundo do ninho, contorcendo-se de tal forma que assustou todo mundo.

– O que podemos fazer por você? Fale, por favor! – suplicou o Homem de Lata, com lágrimas de empatia correndo por suas bochechas de níquel.

– Eu... Eu não sei! – respondeu Tip. – Ah! Nunca deveria ter engolido aquela pílula!

Então, de repente, a dor parou, e o garoto ficou de novo de pé e viu o Espantalho olhando chocado para o fundo da caixinha de pimenta.

– O que aconteceu? – perguntou o garoto, um pouco envergonhado de sua exibição recente.

– Bem, as três pílulas estão de volta na caixa! – berrou o Espantalho!

– É claro que estão – declarou o Besourão. – Tip não desejou nunca ter engolido uma delas? Bem, o desejo se realizou, e ele não engoliu uma delas. Então, claro que todas as três estão na caixa.

– Pode até ser, mas mesmo assim a pílula me deu uma dor terrível – disse o menino.

– Impossível! – declarou o Besourão. – Se você nunca a engoliu, a pílula não pode ter-lhe dado dor. E com seu desejo sendo atendido, prova de que você não engoliu a pílula, também está claro que você não sentiu dor.

– Então foi uma esplêndida imitação de dor – retorquiu Tip, bravo. – Que tal você tomar a próxima pílula, então? Já desperdiçamos um desejo.

– Ah, não desperdiçamos, não – protestou o Espantalho. – Aqui ainda tem três pílulas na caixa, e cada uma concede um desejo.

– Agora, você está me dando dor de cabeça – disse Tip. – Não consigo entender de jeito nenhum. Mas não vou tomar outra pílula, isso eu prometo! – E, com esse comentário, ele se retirou mal-humorado para o fundo do ninho.

– Bem – disse o Besourão –, sobra para mim a missão de salvar a todos, de minha forma Muitíssimo Aumentada e Inteiramente Instruída, pois pareço o único capaz e disposto a fazer um pedido. Dê-me uma das pílulas.

Ele engoliu sem hesitar, e todos ficaram admirando sua coragem enquanto o inseto contava até dezessete de dois em dois como Tip dissera. E, por algum motivo – talvez porque Besourões tivessem estômagos mais fortes que os de meninos –, o comprimido prateado não lhe causou nenhuma dor.

– Desejo que as asas quebradas do Cervilho sejam restauradas e fiquem como novas! – disse o Besourão, numa voz lenta e impressionante.

Todos se viraram para olhar a Coisa, e tão logo o desejo foi concedido, o Cervilho estava diante deles perfeitamente reparado, e tão capaz de voar como quando ganhou vida no telhado do palácio.

O ESPANTALHO FAZ UM PEDIDO A GLINDA, A BOA

– Viva! – gritou o Espantalho, alegre. – Agora, podemos deixar esse infeliz ninho de gralhas quando quisermos.

– Mas está quase escuro – disse o Homem de Lata – e, a não ser que esperemos até a manhã para voar, vamos ter mais problemas. Não gosto dessas viagens noturnas, pois nunca se sabe o que vai acontecer.

Assim, ficou decidido que iam esperar até a luz do dia, e os aventureiros se divertiram durante a penumbra buscando tesouros no ninho das gralhas.

O Besourão achou duas lindas pulseiras de ouro fundido, que caíram muito bem em seus braços esguios. O Espantalho tomou gosto pelos anéis, dos quais havia muitos no ninho. Em breve, ele tinha colocado um anel em cada dedo de suas luvas estofadas e, não estando satisfeito, colocou mais um em cada dedão. Como ele escolhia cuidadosamente esses anéis com pedras brilhantes, como rubis, ametistas e safiras, as mãos do Espantalho agora tinham uma aparência muito brilhante.

– Este ninho seria um piquenique para a rainha Jinjur – disse ele, pensando –, pois pelo que consegui ver, ela e as garotas me conquistaram apenas para roubar as esmeraldas de minha cidade.

O Homem de Lata ficou satisfeito com seu colar de diamantes e recusou-se a aceitar outros enfeites, mas Tip garantiu um belo relógio de ouro, que vinha preso a um lindo berloque, e colocou no bolso com muito orgulho. Também pregou vários broches de joias à veste vermelha de Jack Cabeça de Abóbora, além de usar uma linda corrente para pendurar uns pequenos óculos para ópera no pescoço do Cavalete.

– É muito lindo – disse a criatura, olhando os óculos com aprovação –, mas para que servem?

Nenhum deles conseguiu responder, então o Cavalete decidiu que era alguma rara decoração e gostou muito deles.

Para ninguém do grupo ficar de fora, acabaram colocando vários anéis grandes, de sinete, nas pontas dos galhos do Cervilho, embora a estranha figura não tenha parecido nada grata com a atenção.

A escuridão logo caiu sobre eles, e Tip e o Besourão foram dormir, enquanto os outros sentavam-se para esperar pacientemente pelo dia.

Na manhã seguinte, eles se parabenizaram pela boa condição do Cervilho, pois, com a luz do dia, um grande bando de gralhas aproximou-se para mais uma batalha pela posse do ninho. Mas nossos aventureiros não esperaram pelo ataque. Subiram nos assentos estofados do sofá o mais rápido possível, e Tip deu a ordem para o Cervilho partir.

Imediatamente, ele subiu ao ar, as grandes asas batendo forte e em movimentos regulares, e em alguns momentos estavam tão distantes do ninho que as gralhas tagarelas apossaram-se dele sem nenhuma tentativa de persegui-los.

A Coisa voou para o norte, na mesma direção de onde tinha vindo. Pelo menos, era a opinião do Espantalho, e os outros concordavam que ele era quem tinha mais senso de direção. Depois de passar por várias cidades e aldeias, o Cervilho os carregou por cima de uma ampla planície onde as casas ficaram cada vez mais espalhadas até desaparecerem por completo. Depois, veio o deserto amplo e arenoso que separava o resto do mundo da Terra de Oz, e antes do meio-dia viram as casas em formato de domo que provavam estarem mais uma vez dentro das fronteiras de sua terra natal.

– Mas as casas e cercas são azuis – disse o Homem de Lata –, e isso indica que estamos no País dos Munchkins, portanto, muito longe de Glinda, a Boa.

– O que devemos fazer? – perguntou o garoto virando para o guia.

– Não sei – respondeu o Espantalho, sinceramente. – Se estivéssemos na Cidade das Esmeraldas, podíamos ir direto na direção sul e chegar em nosso destino. Mas não ousamos ir à Cidade das Esmeraldas, e o Cervilho provavelmente está nos carregando para mais longe, na direção errada em cada bater de asas.

– Então, o Besourão tem que engolir outra pílula – disse Tip, decidido – e desejar que a gente vá na direção certa.

– Muito bem – devolveu o Muitíssimo Aumentado –, estou disposto.

Mas quando o Espantalho procurou em seu bolso a caixinha de pimenta contendo as duas pílulas prateadas, não achou nada. Cheios de ansiedade, os viajantes procuraram em cada centímetro da Coisa a caixa preciosa, mas ela desaparecera completamente.

E o Cervilho seguia em frente, levando-os para sabe-se lá onde.

– Devo ter deixado a caixinha de pimenta no ninho das gralhas – disse o Espantalho, por fim.

– É um grande azar – declarou o Homem de Lata. – Mas não estamos pior do que antes de descobrirmos as pílulas de desejos.

– Estamos melhor – respondeu Tip –, pois uma das pílulas nos permitiu escapar daquele ninho terrível.

– Mas a perda das outras duas é grave, e mereço um belo sermão por meu descuido – continuou o Espantalho, penitente. – Pois, num grupo tão incomum quanto este, acidentes podem acontecer a qualquer momento, e agora mesmo podemos estar nos aproximando de um novo perigo.

Ninguém ousou contradizer isso, e seguiu-se um silêncio abismal.

O Cervilho seguiu o voo.

De repente, Tip soltou uma exclamação de surpresa.

– Devemos ter chegado ao País do Sul – gritou –, pois abaixo de nós tudo é vermelho!

Imediatamente, todos se debruçaram sobre as costas dos sofás para olhar – todos, exceto Jack, que era cuidadoso demais com sua abóbora para arriscar que ela escorregasse de seu pescoço. De fato, as casas, cercas e árvores vermelhas indicavam estar dentro do domínio de Glinda, a Boa; e logo, enquanto deslizavam rapidamente, o Homem de Lata reconheceu as estradas e os prédios por onde passavam e alterou suavemente a direção do Cervilho, de modo que pudessem chegar ao palácio da celebrada feiticeira.

– Ótimo! – gritou o Espantalho, alegre. – Não precisamos mais das pílulas de desejos perdidas, pois chegamos a nosso destino.

Gradualmente, a Coisa baixou e se aproximou do chão, até, por fim, descansar dentro dos lindos jardins de Glinda, em cima de um gramado verde aveludado perto de uma fonte que emitia raios de joias brilhantes, em vez de água, bem alto, e depois eles caíam com um som suave de tilintar na bacia gravada de mármore colocada para recebê-los.

Tudo era lindo nos jardins de Glinda, e, enquanto nossos viajantes os contemplavam com admiração, uma companhia de soldadas apareceu sem fazer barulho e cercou-os. As soldadas da grande feiticeira eram inteiramente diferentes das do Exército da Revolta da general Jinjur, embora também fossem garotas. Pois as soldadas de Glinda usavam uniformes bonitos e carregavam espadas e lanças, e marchavam com uma habilidade e uma precisão que demonstrou serem treinadas nas artes da guerra.

A capitã que comandava a tropa – que era a guarda-costas particular de Glinda – reconheceu o Espantalho e o Homem de Lata na hora e os recebeu com cumprimentos respeitosos.

– Bom dia! – disse o Espantalho, galantemente removendo seu chapéu, enquanto o Homem de Lata fazia uma continência militar. – Vimos pedir uma audiência com sua justa governante.

– Glinda agora está em seu palácio, esperando-os – devolveu a capitã –, pois viu que viriam, bem antes de chegarem aqui.

– Que estranho! – disse Tip, pensativo.

– Nem um pouco – respondeu o Espantalho –, pois Glinda é uma poderosa feiticeira, e nada que se passa na Terra de Oz lhe escapa. Imagino que ela saiba tanto quanto nós por que estamos aqui.

– Então, para que ter vindo aqui? – perguntou Jack, tolamente.

– Para provar que você é um Cabeça de Abóbora! – retorquiu o Espantalho. – Mas, se a feiticeira nos aguarda, não devemos deixá-la esperando.

Assim, desceram dos sofás e seguiram a capitã na direção do palácio – até o Cavalete tomou seu lugar na estranha procissão.

Em seu lindo trono de ouro fundido, sentava-se Glinda, e não conseguiu suprimir um sorriso quando seus peculiares visitantes entraram e fizeram uma mesura diante dela. Ela conhecia e gostava tanto do Espantalho quanto do Homem de Lata; mas os estranhos Cabeça de Abóbora e Muitíssimo Aumentado Besourão eram criaturas que ela nunca vira antes, e pareciam ainda mais curiosos que os outros. Quanto ao Cavalete, parecia nada mais que um pedaço de madeira animado; e ele fez uma mesura tão dura que sua cabeça bateu no chão, fazendo as soldadas, e Glinda, gargalharem.

– Gostaria de anunciar a Vossa Gloriosa Alteza – começou o Espantalho, em voz solene – que minha Cidade das Esmeraldas foi tomada por uma multidão de garotas imprudentes, com agulhas de tricô como arma, escravizaram todos os homens, roubaram todas as esmeraldas das ruas e dos prédios públicos e usurparam meu trono.

– Eu sei – disse Glinda.

– Também ameaçaram me destruir, assim como a todos os meus amigos e aliados que vê diante de si – continuou o Espantalho –, e se não tivéssemos conseguido escapar das garras delas, nossos dias teriam há muito acabado.

– Eu sei – repetiu Glinda.

– Portanto, vim implorar por sua ajuda – retomou o Espantalho –, pois acredito que sempre fica feliz em socorrer os desafortunados e oprimidos.

– Isso é bem verdade – respondeu a feiticeira, devagar. – Mas a Cidade das Esmeraldas agora é governada pela general Jinjur, que se proclamou rainha. Que direito tenho de opor-me a ela?

– Bem, ela roubou o trono de mim – falou o Espantalho.

– E como você se apossou do trono? – perguntou Glinda.

– Recebi do Mágico de Oz, e por escolha do povo – respondeu o Espantalho, desconfortável com esse questionamento.

– E como o Mágico o conseguiu? – continuou ela, séria.

– Dizem-me que ele tomou de Pastoria, o antigo rei – contou o Espantalho, ficando confuso com o olhar intenso da feiticeira.

– Então – declarou Glinda –, o trono da Cidade das Esmeraldas não pertence nem a você, nem a Jinjur, mas a Pastoria, de quem o Mágico o usurpou.

– Isso é verdade – reconheceu o Espantalho com humildade –, mas agora Pastoria já se foi, e alguém precisa governar em seu lugar.

– Pastoria teve uma filha, que é a herdeira do trono da Cidade das Esmeraldas por direito. Sabia disso? – questionou a feiticeira.

– Não – respondeu o Espantalho –, mas se a garota ainda está viva, não ficarei em seu caminho. Ficarei tão satisfeito em ver Jinjur expulsa como impostora, quanto ficaria em retomar o trono para mim mesmo. Aliás, não é muito divertido ser rei, especialmente quando se tem um bom cérebro. Sei por algum tempo que tenho condições de ocupar uma posição bem mais destacada. Mas cadê a garota que é dona do trono, e qual é o nome dela?

– O nome dela é Ozma – respondeu Glinda. – Mas onde ela está, tentei em vão descobrir. Pois o Mágico de Oz, ao roubar o trono do pai de Ozma, escondeu a garota em algum lugar secreto; e, por um truque de mágica com o qual não estou familiarizada, também conseguiu evitar que ela fosse descoberta, até por uma feiticeira tão experiente quanto eu.

– Que estranho – interrompeu o Besourão, pomposo. – Fui informado de que o Maravilhoso Mágico de Oz era apenas uma farsa.

– Imagine! – exclamou o Espantalho, provocado por essa fala. – Ele não me deu um maravilhoso cérebro?

– Não tem farsa nenhuma no meu coração – anunciou o Homem de Lata, olhando indignado para o Besourão.

– Talvez eu esteja mal informado – gaguejou o inseto, encolhendo-se. – Eu nunca conheci o Mágico pessoalmente.

– Bem, nós, sim – retorquiu o Espantalho –, e ele era um grande Mágico, garanto. É verdade que era culpado de alguns pequenos engodos, mas se não fosse um grande Mágico, como, pergunto, poderia ter escondido essa garota Ozma com tanta segurança que ninguém consegue achá-la.

– Eu... Eu desisto – respondeu o Besourão, resignado.

– É a coisa mais sensata que você já disse – falou o Homem de Lata.

– Realmente preciso tentar de novo descobrir onde está escondida essa garota – continuou a feiticeira, pensativa. – Em minha biblioteca, tenho um livro em que estão inscritas todas as ações do Mágico enquanto estava em nossa Terra de Oz; ou, pelo menos, todas as ações que minhas espiãs conseguiram observar. Lerei este livro atentamente hoje à noite e tentarei destacar os atos que podem nos guiar na descoberta de Ozma.

Enquanto isso, por favor, divirtam-se em meu palácio e comandem meus servos como se fossem seus. Vou conceder-lhes outra audiência amanhã.

Com esse gracioso discurso, Glinda dispensou os aventureiros, e eles vagaram por seus lindos jardins, onde passaram várias horas desfrutando de todas as coisas deliciosas com que a rainha do País do Sul cercara seu palácio real.

Na manhã seguinte, eles apareceram de novo diante de Glinda, que disse a eles:

– Procurei atentamente nos registros das ações do Mágico, e entre elas encontrei apenas três que parecem suspeitas. Ele comeu feijão com faca, fez três visitas secretas à velha Mombi e mancou levemente do pé esquerdo.

– Ah! Essa última com certeza é suspeita – disse Jack Cabeça de Abóbora.

– Não necessariamente – contrariou o Espantalho. – Ele talvez estivesse com joanete. Agora, parece-me que comer feijão com faca é mais suspeito.

– Talvez seja um hábito educado em Omaha, de onde veio o Mágico – sugeriu o Homem de Lata.

– Pode ser – admitiu o Espantalho.

– Mas por que – perguntou Glinda – ele faria três visitas secretas à velha Mombi?

– Ah! Realmente. Por quê? – ecoou o Besourão, causando impressão.

– Sabemos que o Mágico ensinou muitos truques de mágica à velha – continuou Glinda –, e não teria feito isso se Mombi não o ajudasse de alguma forma. Então, podemos suspeitar com bons motivos que Mombi o tenha ajudado a esconder a menina Ozma, que era a verdadeira herdeira do trono da Cidade das Esmeraldas e um constante perigo ao usurpador. Pois, se o povo soubesse que ela estava viva, teria logo a tornado rainha, devolvendo-a à sua posição de direito.

– Um ótimo argumento! – exclamou o Espantalho. – Não tenho dúvidas de que Mombi estivesse envolvida nessa maldade. Mas como saber disso nos ajuda?

– Precisamos encontrar Mombi – respondeu Glinda – e forçá-la a contar onde a garota está escondida.

– Mombi agora está com a rainha Jinjur na Cidade das Esmeraldas – disse Tip. – Foi ela quem colocou tantos obstáculos em nosso caminho e fez Jinjur ameaçar destruir meus amigos e me devolver para as mãos da velha.

– Então – decidiu Glinda –, vou marchar com meu exército à Cidade das Esmeraldas e fazer Mombi prisioneira. Depois disso, podemos, talvez, forçá-la a contar a verdade sobre Ozma.

– Ela é uma velha terrível! – comentou Tip, tremendo só de pensar na chaleira preta de Mombi. – E obstinada também.

– Eu mesma sou bem obstinada – devolveu a feiticeira, com um doce sorriso –, então, não tenho medo nenhum de Mombi. Hoje, vou fazer todos os preparativos necessários e amanhã marcharemos para a Cidade das Esmeraldas ao nascer do dia.

O HOMEM DE LATA
COLHE UMA ROSA

O Exército de Glinda, a Boa, parecia muito grande e imponente reunido diante dos portões do palácio ao raiar do dia. Os uniformes das soldadas eram bonitos e tinham cores alegres, e suas lanças de ponta prateada eram vívidas e resplandecentes, com longos cabos incrustados de madrepérola. Todas as garotas com patente de oficiais usavam espadas afiadas e brilhantes, e escudos com borda de penas de pavão; e parecia mesmo que nenhum inimigo jamais seria capaz de derrotar um exército tão maravilhoso.

A feiticeira chegou num lindo palanquim que parecia o corpo de uma carruagem, na qual as portas e janelas tinham cortinas de seda; mas, em vez das rodas de uma carruagem, o palanquim ficava apoiado em duas longas barras horizontais apoiadas nos ombros de doze criados.

O Espantalho e seus companheiros decidiram ir acomodados no Cervilho, para poder acompanhar a marcha rápida do exército; então, assim que Glinda começou a andar e suas soldadas marcharam ao som de música de cordas inspiradoras tocadas pela banda real, nossos amigos subiram nos sofás e foram atrás. O Cervilho voou lentamente bem acima do palanquim no qual viajava a feiticeira.

– Tome cuidado – disse o Homem de Lata ao Espantalho, que se apoiava no lado para ver o exército lá embaixo. – Você pode cair.

– Não teria importância – comentou o Besourão instruído. – Ele não pode quebrar enquanto estiver cheio de dinheiro.

– Eu não pedi que você... – começou Tip, repreendendo-o.

– Pediu! – disse o Besourão de imediato. – E peço perdão. Vou tentar mesmo me conter.

– Acho bom – declarou o garoto. – Isto é, se quiser viajar em nossa companhia.

– Ah! Eu não suportaria me separar de vocês agora – murmurou o inseto, sensível. Então, Tip deixou o assunto para lá.

O exército seguiu sempre em frente, mas a noite caiu antes de eles chegarem às muralhas da Cidade das Esmeraldas. Na luz fraca da lua nova, porém, as forças de Glinda cercaram a cidade e montaram suas tendas de seda escarlate no gramado verde. A tenda da feiticeira era maior que as outras, com bandeiras vermelhas voando acima. Uma tenda também foi montada para o grupo do Espantalho; e quando essas preparações foram feitas, com precisão e rapidez militares, o exército retirou-se para descansar.

Foi grande o choque da rainha Jinjur na manhã seguinte quando suas soldadas chegaram correndo para informá-la sobre o vasto exército que as cercava. Ela subiu imediatamente no topo de uma torre alta do palácio real e viu bandeiras tremulando em cada direção e a grande tenda branca de Glinda diretamente embaixo dos portões.

– Com certeza, estamos perdidas! – gritou Jinjur, desesperada. – Pois o que podem nossas agulhas de tricô contra as longas lanças e terríveis espadas de nossos inimigos?

– O melhor a fazer – disse uma das garotas – é nos rendermos o mais rápido possível, antes de nos machucarmos.

– Não mesmo – respondeu Jinjur, com mais coragem. – O inimigo ainda está do lado de fora dos muros, então, precisamos tentar ganhar tempo com uma negociação. Vá com uma bandeira de trégua até Glinda e pergunte por que ela ousa invadir meu domínio e quais são suas exigências.

Então, a garota passou pelos portões, levando uma bandeira branca para mostrar que estava numa missão de paz, e chegou à tenda de Glinda.

– Diga a sua rainha – falou a feiticeira à garota – que ela deve entregar a velha Mombi como minha prisioneira. Se isso for feito, não a incomodarei mais.

Agora, quando essa mensagem foi entregue à rainha, ela se encheu de desânimo, pois Mombi era sua conselheira-chefe, e Jinjur tinha muito medo da velha. Mas mandou buscar Mombi e contou a ela o que Glinda tinha dito.

– Vejo problemas à nossa frente – murmurou a velha, depois de olhar num espelho mágico que levava no bolso. – Mas podemos ainda escapar enganando essa feiticeira, por mais que ela se ache inteligente.

– Não acha que será mais seguro que eu a entregue nas mãos delas? – perguntou Jinjur, nervosa.

– Se fizer isso, vai custar-lhe o trono da Cidade das Esmeraldas! – respondeu a bruxa, demonstrando certeza. – Mas se me deixar fazer as coisas do meu jeito, posso salvar-nos facilmente.

– Então, faça como quiser – replicou Jinjur –, pois é tão aristocrático ser uma rainha que não desejo ser obrigada a voltar para casa para fazer camas e lavar pratos para minha mãe.

Então, Mombi chamou Jellia Jamb e fez um rito mágico com o qual era familiarizada. O resultado do encanto foi que Jellia assumiu a forma e os traços de Mombi, enquanto a velha passou a ser tão igual à garota que parecia impossível alguém adivinhar o truque.

– Agora – disse a velha Mombi à rainha –, deixe suas soldadas levarem essa garota a Glinda. Ela vai achar que tem nas mãos a verdadeira Mombi, e assim voltará de imediato a seu país no sul.

Portanto, Jellia, mancando como uma idosa, passou pelos portões da cidade para ser entregue a Glinda.

– Aqui está a pessoa que você exigiu – disse uma das guardas –, e nossa rainha implora que se vá, como prometeu, e deixe-nos em paz.

– Certamente, farei isso – respondeu Glinda, muito satisfeita –, se ela for a pessoa que parece ser.

– É claro que é a velha Mombi – assegurou a guarda, que acreditava estar dizendo a verdade; e as soldadas de Jinjur voltaram para dentro dos portões da cidade.

A feiticeira logo convocou o Espantalho e seus amigos à sua tenda e começou a interrogar a suposta Mombi sobre Ozma, a garota perdida. Mas Jellia não sabia nada sobre esse assunto e em breve ficou tão nervosa com o interrogatório que cedeu e começou a chorar, para grande espanto de Glinda.

– Veja que truque imprudente! – disse a feiticeira, com raiva nos olhos. – Esta não é Mombi coisa alguma, mas outra pessoa que ficou parecida com ela. Diga – exigiu, virando-se à garota trêmula –, qual é seu nome?

Jellia não ousou responder, pois tinha sido ameaçada de morte pela bruxa se confessasse a fraude. Mas Glinda, embora fosse doce e justa, entendia de magia mais do que qualquer um na Terra de Oz. Então, recitando algumas palavras poderosas e fazendo um gesto peculiar, rapidamente transformou a garota em sua forma de sempre, enquanto ao mesmo tempo a velha Mombi, lá longe no palácio de Jinjur, de repente recuperava seus próprios traços tortos e maldosos.

– Ora, é Jellia Jamb! – gritou o Espantalho, reconhecendo, na garota, uma de suas velhas amigas.

– É nossa intérprete! – falou o Espantalho, sorrindo contente.

Então, Jellia teve que contar sobre o truque que Mombi tinha feito e também implorou a proteção de Glinda, com o que a feiticeira concordou de imediato. Mas Glinda agora estava muito brava e mandou avisar a Jinjur que a fraude tinha sido descoberta e ela devia entregar a verdadeira Mombi ou sofrer terríveis consequências. Jinjur estava preparada para essa mensagem, pois a bruxa entendera, quando sua forma natural lhe foi restaurada, que Glinda descobrira o truque. Mas a perversa criatura já tinha pensado numa nova enganação e feito Jinjur prometer que ia executá-la. Então, disse a rainha à mensageira de Glinda:

– Diga a sua mestre que não encontro Mombi em lugar algum, mas que Glinda pode entrar na cidade e procurar a velha. Também pode trazer os amigos com ela, se quiser; mas se não achar Mombi até o pôr do sol, deve prometer ir embora pacificamente e não mais nos incomodar.

Glinda concordou com esses termos, sabendo muito bem que Mombi estava em algum lugar dentro dos muros. Então, Jinjur mandou abrir os portões, e Glinda marchou na frente de uma companhia de soldadas, seguida pelo Espantalho e pelo Homem de Lata, enquanto Jack Cabeça de Abóbora entrava montado no Cavalete, e o Muitíssimo Aumentado Sr. Besourão Inteiramente Instruído caminhava atrás, de maneira digna. Tip ia ao lado da feiticeira, pois Glinda tinha desenvolvido um grande carinho pelo menino.

É claro que a velha Mombi não tinha nenhuma intenção de ser encontrada por Glinda; então, enquanto seus inimigos marchavam rua acima, a bruxa se transformou numa rosa vermelha ao lado de um arbusto no jardim do palácio. Era uma ideia inteligente e um truque do qual Glinda não suspeitou; então, várias horas preciosas foram gastas numa busca vã por Mombi.

Com o pôr do sol se aproximando, a feiticeira percebeu que tinha sido derrotada pela esperteza superior da bruxa idosa; então, deu para seus súditos a ordem de marchar para fora da cidade e voltar às tendas.

O Espantalho e seus companheiros por acaso estavam procurando a bruxa no jardim do palácio nesse momento, e se viraram decepcionados para cumprir a ordem de Glinda. Mas, antes de saírem do palácio, o Homem de Lata, que adorava flores, por acaso viu uma grande rosa vermelha que cresceu ao lado de um arbusto; então, colheu a flor e a prendeu segura na lapela de lata de seu peito.

Ao fazer isso, achou ter ouvido um resmungo baixo vindo da rosa; mas não deu atenção ao som, e Mombi assim foi tirada da cidade para o campo de Glinda sem ninguém suspeitar que tinha sido bem-sucedida a busca.

A TRANSFORMAÇÃO DA VELHA MOMBI

A bruxa, no início, ficou com medo de ver-se capturada pelo inimigo; mas logo decidiu que estava exatamente tão segura na lapela do Homem de Lata quanto ao lado do arbusto. Pois ninguém sabia que a rosa e Mombi eram uma coisa só, e agora que ela estava fora dos portões da cidade suas chances de escapar de Glinda tinham melhorado muito.

"Mas não há pressa", pensou Mombi. "Vou esperar um pouco e curtir a humilhação dessa feiticeira quando vir que eu fui mais esperta que ela."

Assim, a noite toda, a rosa ficou tranquila no peito do lenhador e, pela manhã, quando Glinda convocou seus amigos para uma consulta, Nick Lenhador levou sua linda flor consigo para a tenda de seda.

– Por algum motivo – disse Glinda –, falhamos em achar essa velha Mombi ardilosa. Sinto que nossa expedição se provará um fracasso. E por isso sinto muito, porque, sem nossa ajuda, a pequena Ozma nunca será resgatada e devolvida à sua posição de direito como rainha da Cidade das Esmeraldas.

– Não vamos desistir tão fácil – disse o Cabeça de Abóbora. – Vamos fazer outra coisa.

– Outra coisa deve, de fato, ser feita – respondeu Glinda com um sorriso –, mas não consigo entender como fui derrotada tão facilmente por uma velha bruxa que sabe bem menos de mágica do que eu.

– Enquanto estamos aqui, acho que seria sábio conquistarmos a Cidade das Esmeraldas para a princesa Ozma primeiro e achar a garota depois – opinou o Espantalho. – E enquanto a menina estiver escondida, vou tranquilamente governar no lugar dela, pois entendo de governo muito melhor do que Jinjur.

– Mas prometi não molestar Jinjur – opôs-se Glinda.

– E se todos voltarem comigo para meu reino; ou melhor, império? – sugeriu o Homem de Lata, educadamente incluindo todo o grupo num gesto real. – Vai dar-me muito prazer entretê-los em meu castelo, onde há espaço o bastante para dar e vender. E se alguém quiser ser folheado de níquel, meu valete o fará de graça.

Enquanto o Homem de Lata falava, os olhos de Glinda notaram a rosa em sua lapela, e ela percebeu as grandes folhas vermelhas da flor tremendo de leve. Isso rapidamente suscitou suas suspeitas, e depois de um momento, a feiticeira concluiu que a aparente rosa era apenas uma transformação da velha Mombi. No mesmo instante, Mombi viu que tinha sido descoberta e devia logo planejar uma fuga, e como as transformações lhe eram muito simples, ela logo tomou a forma de uma sombra e deslizou pela parede da tenda na direção da entrada, pensando assim desaparecer.

Mas Glinda não só era igualmente astuta, mas muito mais experiente do que a bruxa. Então, a feiticeira chegou à entrada da tenda antes da sombra e, com um gesto de mão, fechou a entrada de forma tão segura que Mombi não conseguiu achar uma abertura grande o bastante para passar. O Espantalho e seus amigos ficaram muito surpresos com as ações de Glinda; pois nenhum deles tinha notado a sombra. Mas a feiticeira disse a eles:

– Fiquem completamente imóveis, todos vocês! Pois a velha bruxa está exatamente neste momento conosco nesta tenda, e espero capturá-la.

Essas palavras alarmaram tanto Mombi que ela logo se transformou de sombra numa formiga preta, em cuja forma rastejou pelo chão, buscando uma rachadura ou fenda na qual pudesse esconder-se com seu minúsculo corpo.

Por sorte, o solo no qual a tenda fora montada, como ficava logo em frente aos portões da cidade, era duro e liso; e enquanto a formiga ainda rastejava, Glinda a descobriu e correu para fazer sua captura. Mas, quando já se aproximava com as mãos para apanhá-la, a bruxa, agora frenética de medo, fez sua última transformação e, na forma de um enorme grifo, pulou na parede da tenda, rasgando a seda em sua pressa, e num momento tinha fugido com a velocidade de um redemoinho.

Glinda não hesitou em segui-la. Ela pulou nas costas do Cavalete e gritou:

– Agora, você vai ter que provar que tem direito de estar vivo! Corra, corra, corra!

O Cavalete correu. Como um relâmpago, seguiu o grifo, suas pernas de madeira se mexendo tão rápido que faiscavam como os raios de uma estrela. Antes de nossos amigos se recuperarem da surpresa, tanto o grifo quanto o Cavalete tinham sumido de vista.

– Venham! Vamos segui-los! – gritou o Espantalho.

Eles correram para onde o Cervilho estava e subiram rápido.

– Voe! – ordenou Tip, ansioso.

– Para onde? – perguntou o Cervilho, com sua voz calma.

– Não sei – devolveu Tip, que estava nervoso com a demora –, mas se você subir ao ar, acho que podemos descobrir para onde foi Glinda.

– Muito bem – respondeu o Cervilho, em voz baixa, e abriu suas enormes asas e subiu alto.

Bem longe, do outro lado dos campos, eles agora viam dois minúsculos pontinhos acelerando um atrás do outro; e sabiam que esses pontinhos deviam ser o grifo e o Cavalete. Então, Tip chamou a atenção do Cervilho para eles e pediu que a criatura ultrapassasse a bruxa e a feiticeira. Mas, por mais ágil que fosse o voo do Cervilho, o perseguidor e o perseguido se moviam com ainda mais agilidade, e em poucos momentos foram se apagando contra o horizonte que escurecia.

– Vamos continuar seguindo mesmo assim – determinou o Espantalho –, pois a Terra de Oz não é tão grande e, mais cedo ou mais tarde, eles vão ter que parar.

A velha Mombi se achava muito esperta de escolher a forma de um grifo, pois suas pernas eram incrivelmente rápidas e sua força mais duradoura do que a de outros animais. Mas ela não tinha contado com a energia incansável do Cavalete, cujos membros de madeira podiam correr por dias sem diminuir a velocidade. Portanto, depois de uma hora de corrida dura, o fôlego do grifo começou a falhar, e ele arquejava e tossia dolorosamente, movendo-se mais devagar do que antes. Então, chegou à beira do deserto e começou a correr pelas areias profundas. Mas seus pés cansados afundaram na areia e, em poucos minutos, o grifo caiu para a frente, completamente exausto, e deitou no deserto.

Glinda chegou um momento depois, montada no ainda vigoroso Cavalete; e tendo soltado um fino fio dourado de seu espartilho, a feiticeira jogou por cima da cabeça do grifo desamparado e ofegante, e assim destruiu o poder mágico da transformação de Mombi.

Assim, o animal, com um feroz tremor, desapareceu de vista, e em seu lugar reapareceu a forma da velha bruxa, olhando com raiva para o rosto lindo e sereno da feiticeira.

PRINCESA OZMA DE OZ

– Você é minha prisioneira, e não adianta mais lutar – disse Glinda, com sua voz suave e doce. – Fique um momento deitada e descanse, e então vou carregá-la de volta para minha tenda.

– Por que está atrás de mim? – quis saber Mombi, ainda mal conseguindo falar direito por falta de ar. – O que fiz a você para ser tão perseguida?

– Não me fez nada – respondeu a gentil feiticeira –, mas suspeito que seja culpada de várias ações perversas; e se eu descobrir que é verdade que abusou de seu conhecimento de magia, pretendo puni-la severamente.

– Eu a desafio! – resmungou a velha. – Você não ousaria me machucar!

Nesse momento, o Cervilho voou até eles e pousou no deserto ao lado de Glinda. Nossos amigos ficaram felicíssimos ao ver que Mombi finalmente tinha sido capturada e, depois de uma consulta às pressas, ficou decidido que deviam todos voltar ao campo no Cervilho. Então, o Cavalete foi jogado a bordo, e depois Glinda, ainda segurando a ponta do fio dourado em torno do pescoço de Mombi, forçou a prisioneira a subir nos sofás. Os outros seguiram, e Tip deu a ordem para o Cervilho retornar.

A jornada foi feita em segurança, com Mombi sentada em seu lugar com um ar sombrio e de cara amarrada; afinal, a velha estava absolutamente impotente enquanto o fio mágico envolvesse seu pescoço. O exército comemorou a volta de Glinda com saudações altas, e o grupo de amigos logo se reuniu de novo na tenda real, que tinha sido reparada durante sua ausência.

– Agora – disse a feiticeira a Mombi –, quero que nos conte por que o Maravilhoso Mágico de Oz a visitou três vezes e o que aconteceu com a criança, Ozma, que desapareceu de forma tão misteriosa.

A velha olhou desafiadora para Glinda, mas não deu uma palavra.

– Responda! – gritou a feiticeira.

Mas Mombi permaneceu em silêncio.

– Talvez ela não saiba – comentou Jack.

– Imploro que fique quieto – disse Tip. – Você pode estragar tudo com sua tolice.

– Muito bem, querido pai – devolveu o Cabeça de Abóbora, dócil.

– Como fico feliz por ser um Besourão! – murmurou o Inseto Muitíssimo Ampliado, suavemente. – Ninguém pode esperar sabedoria de uma abóbora.

– Bem – disse o Espantalho –, o que vamos fazer para obrigar Mombi a falar? A não ser que ela nos diga o que queremos saber, a captura dela não vai nos adiantar de nada.

– E se tentarmos a gentileza? – sugeriu o Homem de Lata. – Ouvi falar que qualquer um pode ser conquistado com gentileza, não importa quão feio seja.

Com isso, a bruxa se virou e o mirou tão horrivelmente que o Homem de Lata se encolheu envergonhado.

Glinda estava pensando com cuidado no que fazer, então, virou-se para Mombi e disse:

– Não vai ganhar nada, garanto, nos desafiando. Pois estou determinada a saber a verdade sobre a menina Ozma e, a não ser que me diga tudo o que sabe, certamente vou matá-la.

– Ah, não! Não faça isso! – exclamou o Homem de Lata. – Seria horrível matar alguém, mesmo a velha Mombi.

– Mas é apenas uma ameaça – devolveu Glinda. – Não vou matar Mombi, pois ela preferirá me contar a verdade.

– Ah, entendo – disse o lenhador, muito aliviado.

– E se eu contar tudo o que querem saber? – falou Mombi tão de repente que assustou todo mundo. – O que vão fazer comigo?

– Nesse caso – respondeu Glinda –, vou só pedir que beba uma poção poderosa que vai fazê-la esquecer toda a mágica que já aprendeu.

– Aí, eu seria uma velha indefesa!

– Mas estaria viva – sugeriu o Cabeça de Abóbora, consolando-a.

– Por favor, tente ficar em silêncio – disse Tip, nervoso.

– Vou tentar – respondeu Jack –, mas tem que admitir que é bom estar vivo.

– Especialmente se por acaso você for Inteiramente Instruído – adicionou o Besourão, assentindo em aprovação.

– Pode fazer sua escolha – falou Glinda à velha Mombi – entre a morte, se ficar em silêncio, e a perda de seus poderes mágicos se me contar a verdade. Mas acho que vai preferir viver.

Mombi olhou de forma desconfortável para a feiticeira e viu que estava sendo sincera, e era melhor não brincar com ela. Então falou, lentamente:

– Vou responder às suas perguntas.

– Era o que eu esperava – disse Glinda, satisfeita. – Escolheu com sabedoria, garanto.

Então, ela fez um gesto para uma de suas capitãs, que lhe trouxe um lindo baú de ouro. Dele, a feiticeira tirou uma imensa pérola branca presa a uma corrente fina, que pôs em torno de seu pescoço de modo que a pérola descansasse em seu peito, diretamente em cima do coração.

– Agora – falou –, vou fazer minha primeira pergunta: por que o Mágico lhe fez três visitas?

– Porque eu não quis ir até ele – explicou Mombi.

– Isso não é resposta – devolveu Glinda, séria. – Fale a verdade.

– Bem – continuou Mombi, olhando para baixo –, ele me visitou para aprender minha receita de biscoitos.

– Olhe para cima! – ordenou a feiticeira.

Mombi obedeceu.

– De que cor é minha pérola? – exigiu saber Glinda.

– Ora... É preta! – respondeu a velha bruxa, em tom de espanto.

– Então, me contou uma mentira! – gritou Glinda, com raiva. – Só quando for falada a verdade minha pérola mágica continuará sendo um branco puro.

Mombi agora viu que era inútil tentar enganar a feiticeira, então, falou, com uma expressão carrancuda em razão de sua derrota:

– O Mágico me levou a garota Ozma, que era só um bebê, e implorou que eu a escondesse.

– Foi o que pensei – declarou Glinda, calmamente. – O que ele lhe deu por servi-lo dessa forma?

– Ele me ensinou todos os truques de mágica que conhecia. Alguns eram bons e outros eram fraudes. Mas continuei fiel ao meu propósito.

– O que fez com a garota? – quis saber Glinda, e com essa pergunta todo mundo se inclinou para a frente para ouvir ansiosamente a resposta.

– Eu a enfeiticei – respondeu Mombi.

– De que modo?

– Eu a transformei em... em...

– Em quê? – exigiu Glinda, já que a bruxa hesitava.

– Em um menino! – falou Mombi, baixinho.

— Um menino! – todos repetiram; e então, como sabiam que essa velha tinha criado Tip desde a infância, todos os olhares se voltaram para onde ele estava.

— Sim – falou a velha bruxa, assentindo –, essa é a princesa Ozma. A criança que me foi trazida pelo Mágico que roubou o trono do pai dela. Essa é a governante da Cidade das Esmeraldas por direito! – e apontou o dedo ossudo direto para o garoto.

— Eu! – berrou Tip, assombrado. – Bem, eu não sou princesa Ozma nenhuma. Não sou menina!

Glinda sorriu e, indo até Tip, apertou-lhe a pequena mão morena com sua mão branca e delicada.

— Você não é uma menina agora – disse gentilmente – porque Mombi o transformou num menino. Mas nasceu menina e também princesa. Então, deve retomar sua velha forma para tornar-se rainha da Cidade das Esmeraldas.

— Ah, deixe Jinjur ser a rainha! – exclamou Tip, quase chorando. – Quero continuar menino e viajar com o Espantalho, o Homem de Lata, o Besourão e Jack. Sim! E com meu amigo Cavalete e o Cervilho! Não quero ser menina!

— Não se preocupe, caro amigo – disse o Homem de Lata, acalmando-o –, não dói ser menina; e vamos continuar seus fiéis amigos do mesmo jeito. E, para ser sincero, sempre achei meninas mais legais que meninos.

— Pelo menos, são tão legais quanto – completou o Espantalho, com um tapinha carinhoso na cabeça de Tip.

— E são tão boas alunas quanto – proclamou o Besourão. – Eu gostaria de ser seu tutor, quando for transformado de novo em menina.

— Mas... veja – disse Jack Cabeça de Abóbora, com um engasgo –, se você virar menina, não pode mais ser meu pai.

— Não – respondeu Tip, rindo, apesar de sua ansiedade –, e não vou sentir muito de escapar dessa relação – então, completou hesitante ao virar-se para Glinda: – Talvez eu experimente um pouco, só para ver como é, sabe. Mas se eu não gostar de ser menina, você tem que prometer transformar-me de volta em menino.

– Na verdade – disse a feiticeira –, isso está além da minha mágica. Nunca lidei com transformações, para ser sincera, pois não são honestas, e nenhuma feiticeira respeitável gosta de fazer as coisas parecerem o que não são. Só bruxas sem escrúpulos usam essa arte; portanto, devo pedir para Mombi libertá-lo de seu feitiço e devolvê-lo a sua forma adequada. Vai ser a última oportunidade dela de praticar magia.

Agora que tinha sido descoberta a verdade sobre a princesa Ozma, Mombi não ligava para o que seria de Tip, mas temia a raiva de Glinda, e o garoto generosamente prometeu sustentar Mombi em sua velhice, caso se tornasse governante da Cidade das Esmeraldas. Então, a bruxa consentiu em fazer a transformação, e imediatamente foram feitos os preparativos para isso.

Glinda pediu que sua cama real fosse colocada no centro da tenda. Tinha uma pilha alta de travesseiros de seda cor-de-rosa, e de um dossel dourado acima estavam penduradas faixas de tule cor-de-rosa que escondiam completamente o interior da cama.

O primeiro ato da bruxa foi fazer com que o garoto bebesse uma poção que rapidamente o fez cair num sono profundo e sem sonhos. Então, o Homem de Lata e o Besourão o levaram gentilmente para a cama, colocaram-no sobre os travesseiros macios e fecharam o tule para escondê-lo de visões terrenas.

A bruxa se agachou e acendeu uma pequena fogueira de ervas secas que tirou do peito. Quando a chama subiu e clareou tudo, a velha Mombi espalhou um punhado de pó mágico em cima do fogo, que imediatamente soltou um rico vapor violeta, enchendo toda a tenda com sua fragrância e fazendo o Cavalete espirrar – embora ele tivesse recebido um aviso para ficar quieto.

Então, enquanto os outros observavam-na curiosos, a bruxa cantou um verso rítmico com palavras que ninguém entendia e dobrou seu corpo magro sete vezes para a frente e para trás em cima da fogueira. E agora o encanto parecia completo, pois a bruxa ficou ereta e gritou uma só palavra, "yeowa", em voz alta.

O vapor flutuou, a atmosfera ficou limpa de novo; um sopro de ar fresco encheu a tenda, e as cortinas da cama tremeram de leve, como se mexidas por dentro.

Glinda foi até o dossel e abriu as faixas de tecido. Então, inclinou-se por cima dos travesseiros, esticou a mão, e da cama levantou-se a forma de uma jovem, fresca e linda como uma manhã de maio. Os olhos dela brilhavam como dois diamantes, e seus lábios tinham a cor de turmalina. Por todas as suas costas fluíam madeixas loiro-avermelhadas, com um diadema fino de pedra preciosa prendendo-as na nuca. Seu vestido de gaze de seda flutuava em torno dela como uma nuvem, e sapatinhos delicados de cetim cobriam seus pés.

Os velhos companheiros de Tip olharam maravilhados para essa visão primorosa por um minuto inteiro, e então todos abaixaram a cabeça em sincera admiração à adorável princesa Ozma. A garota olhou para Glinda, cujo rosto brilhava de prazer e satisfação, e virou-se para os outros. Falando com uma doce timidez, ela disse:

– Espero que nenhum de vocês passe a gostar menos de mim. Sou o mesmo Tip, sabe, só... só...

– Só diferente! – completou o Cabeça de Abóbora, e todos acharam que era a coisa mais sábia que ele já tinha dito.

A RIQUEZA DA SATISFAÇÃO

Quando as notícias maravilhosas chegaram aos ouvidos da rainha Jinjur – como a velha Mombi tinha sido capturada; como tinha confessado seu crime a Glinda; e como a princesa Ozma, há muito desaparecida, tinha sido descoberta em ninguém menos que o garoto Tip, ela chorou lágrimas verdadeiras de luto e desespero.

– E pensar – resmungou – que depois de ter governado como rainha e vivido num palácio, preciso voltar a esfregar o chão e fazer manteiga! É horrível demais para pensar! Nunca vou aceitar!

Então, quando suas soldadas, que passavam a maior parte do tempo fazendo doce nas cozinhas do palácio, aconselharam Jinjur a resistir, ela ouviu essa conversa tola e desafiou Glinda, a Boa, e a princesa Ozma. O resultado foi uma declaração de guerra, e no dia seguinte Glinda marchou para a Cidade das Esmeraldas com flâmulas hasteadas e bandas tocando, e uma floresta de lanças polidas brilhando muito sob os raios do sol.

Mas, chegando às muralhas, o corajoso grupo parou de repente, pois Jinjur tinha fechado e barrado todas as entradas, e os muros da Cidade das Esmeraldas estavam ampliados em cima e dos lados com muitos blocos de mármore verde. Vendo seu avanço frustrado dessa forma, Glinda uniu as sobrancelhas pensando, enquanto o Besourão disse, em seu tom mais positivo:

– Devemos fazer um cerco à cidade para que, com a fome, elas se rendam. É a única coisa a fazer.

– Não é, não – respondeu o Espantalho. – Ainda temos o Cervilho, e ele ainda pode voar.

A feiticeira virou-se de repente com esse discurso, agora sorrindo abertamente.

– Tem razão – disse –, e certamente temos motivo para orgulhar-nos de seu cérebro. Vamos imediatamente ao Cervilho!

Então, passaram pelas fileiras do exército até chegarem ao lugar, perto da tenda do Espantalho, em que o Cervilho estava deitado. Glinda e a princesa Ozma montaram primeiro, sentando-se nos sofás. Então, o Espantalho e seus amigos embarcaram, e ainda havia espaço para uma capitã e três soldadas, que Glinda considerava o bastante como guarda.

Agora, com uma palavra da princesa, a Coisa esquisita que chamavam de Cervilho bateu suas asas de palmeira e subiu ao ar, carregando o grupo de aventureiros acima da muralha. Eles pairaram sobre o palácio e logo perceberam Jinjur recostada numa rede no pátio, onde estava confortavelmente lendo um romance de capa verde e comendo chocolates verdes, confiante de que as muralhas a protegeriam de seus inimigos. Obedecendo a uma ordem rápida, o Cervilho pousou com segurança nesse mesmo pátio, e antes de Jinjur ter tempo de fazer algo mais que gritar, a capitã pulou e fez a antiga rainha prisioneira, prendendo algemas fortes em seus dois pulsos.

Esse ato de fato acabou com a guerra, pois o Exército da Revolta rendeu-se assim que soube que Jinjur era prisioneira, e a capitã marchou em segurança pelas ruas até os portões da cidade, que se abriram. Então, as bandas tocaram sua música mais agitada enquanto o exército de Glinda entrava marchando na cidade, e os arautos proclamavam a conquista sobre a audaciosa Jinjur e a ascensão da bela princesa Ozma ao trono de seus ancestrais reais.

De imediato, os homens da Cidade das Esmeraldas arrancaram seus aventais. E dizia-se que as mulheres estavam tão cansadas de comer a comida do marido, que todas aclamaram com alegria a deposição de Jinjur. O certo é que, correndo todas à cozinha de sua casa, as boas esposas prepararam um banquete tão delicioso para os exaustos homens que a harmonia imediatamente foi restaurada em todas as famílias.

O primeiro ato de Ozma foi obrigar o Exército da Revolta a devolver cada esmeralda ou pedra preciosa roubada das ruas ou dos prédios públicos; e o número de joias arrancadas por essas garotas vaidosas era tão grande que cada um dos joalheiros reais trabalhou por mais de um mês para recolocá-las.

Enquanto isso, o Exército da Revolta foi desmantelado, e as garotas enviadas às respectivas mães. Com a promessa de bom comportamento, Jinjur também foi solta.

Ozma era a rainha mais linda que a Cidade das Esmeraldas já conhecera; e, embora fosse tão jovem e inexperiente, governava seu povo com sabedoria e justiça. Pois Glinda lhe dava bons conselhos em todas as ocasiões, e o Besourão, nomeado para o importante cargo de Educador Público, era muito útil a Ozma quando seus deveres reais a deixavam perplexa.

A garota, grata ao Cervilho por seus serviços, ofereceu à criatura a recompensa que quisesse.

– Então – respondeu ele –, por favor, me desmonte. Não quero ficar vivo, e tenho muita vergonha de minha personalidade mista. Antes, era monarca da floresta, como prova minha galhada; mas agora, em minha condição atual de servidão estofada, sou obrigado a voar, já que minhas pernas não me servem de nada. Portanto, quero ser dispersado.

Então, Ozma ordenou que o Cervilho fosse desmontado. A cabeça com galhos foi mais uma vez pendurada em cima da lareira no salão, e os sofás foram desunidos e colocados nas recepções. A cauda de vassoura retomou seus deveres de sempre na cozinha e, finalmente, o Espantalho recolocou todos os varais e cordas no lugar de onde tinha retirado no fatídico dia em que a Coisa foi construída.

Você talvez pense que foi o fim do Cervilho; e foi, como máquina voadora. Mas a cabeça acima da lareira continuava falando sempre que achava por bem, e com frequência assustava, com suas perguntas abruptas, as pessoas que esperavam no salão por uma audiência com a rainha.

O Cavalete, sendo propriedade pessoal de Ozma, foi muito bem cuidado; e ela muitas vezes montava na criatura esquisita pelas ruas da Cidade das Esmeraldas. Cobriu as pernas de madeira dele de ouro, para evitar que se desgastassem, e o tilintar desses sapatos dourados na calçada sempre enchia os súditos da rainha de espanto quando pensavam sobre a evidência dos poderes mágicos dela.

– O Maravilhoso Mágico nunca foi tão maravilhoso quanto a rainha Ozma – diziam as pessoas umas para as outras, sussurrando –, pois alegava fazer muitas coisas de que não era capaz, enquanto nossa nova rainha faz muitas coisas que ninguém esperaria que conseguisse.

Jack Cabeça de Abóbora continuou com Ozma até o fim de seus dias; e não estragou tão rápido quanto temia, embora tenha permanecido tão estúpido quanto sempre fora. O Besourão tentou ensiná-lo muitas artes e ciências, mas Jack era um aluno tão ruim que qualquer tentativa de instruí-lo logo foi abandonada.

Depois que o exército de Glinda tinha voltado para casa e a paz estava restaurada na Cidade das Esmeraldas, o Homem de Lata anunciou sua intenção de voltar ao Reino dos Winkies.

– Não é um reino muito grande – disse ele a Ozma –, mas exatamente por isso é mais fácil de governar; e eu me chamo de imperador porque sou um monarca absoluto e ninguém interfere na minha conduta em assuntos públicos ou pessoais. Quando chegar em casa, vou colocar mais uma camada de níquel, pois ultimamente fiquei um pouco marcado e arranhado; e, então, ficarei feliz se vier me visitar.

– Obrigada – disse Ozma. – Algum dia vou aceitar o convite. Mas o que vai ser do Espantalho?

– Vou voltar com meu amigo Homem de Lata – disse o empalhado, sério. – Decidimos nunca mais nos separar.

– E eu nomeei o Espantalho como meu tesoureiro real – explicou o Homem de Lata –, pois me ocorreu que é ótimo ter um tesoureiro feito de dinheiro. O que acha?

– Acho – disse a pequena rainha, sorrindo – que seu amigo deve ser o homem mais rico do mundo.

– Eu sou – concordou o Espantalho –, mas não pelo meu dinheiro. Pois considero o cérebro superior ao dinheiro em todos os sentidos. Você talvez tenha notado que quem tem dinheiro sem cérebro não consegue aproveitá-lo; mas quem tem cérebro sem dinheiro pode viver confortável até o fim de seus dias.

– Por outro lado – declarou o Homem de Lata –, deve reconhecer que um bom coração é algo que o cérebro não pode criar e que o dinheiro não pode comprar. Talvez, afinal, seja eu o homem mais rico de todo o mundo.

– Vocês dois são ricos, meus amigos – disse Ozma, gentilmente – e suas riquezas são as únicas que valem a pena ter: a riqueza da satisfação.